Iw Aziz

Angelina Maginie

und das verloren geglaubte Ich

Band I

Bibliografische Information der Deutschen Nationalbibliothek: Die Deutsche Nationalbibliothek verzeichnet diese Publikation in der Deutschen Nationalbibliografie; detaillierte bibliografische Daten sind im Internet über dnb.dnb.de abrufbar.

Lektorat: Katja Scholz, www.freie-lektorin.com
Illustrationen: Maike Kliche, www.kinderbuch-illustratorin.de
Layout und Satz: Herrn Meyers Buchmacherei

Herstellung und Verlag:
BoD – Books on Demand, Norderstedt

ISBN: 978-375-689-019-4

ANGELINA
und das verloren geglaubte Ich
MAGINIE

Band I

Iw Aziz

Für das kleine Mädchen Azizeh
Für meinen wunderbaren Sohn David

INHALTSVERZEICHNIS

Und wenn es nicht so schmerzen würde, mein Herz würde zerspringen vor Glück. Aber stetig bleibt das bittersüße Wissen um den nahenden Zeitpunkt unserer Trennung …

(aus Band II *Angelina Maginie und der goldene Käfig*)

FLASHFORWARD I

BEVOR ES BEGINNT

Alles tut mir weh! Das ist Angelinas erster Gedanke, als sie aufwacht. Die Kälte zieht sich vom Scheitel bis zur Sohle und die Luft riecht seltsam steril. Das ist nicht ihr Bett, in dem sie liegt, nein, so viel steht fest. Das unendliche Nichts der Dunkelheit lässt eine quälende Übelkeit aufkommen. Angelina regt sich sachte, versucht zu ertasten, wo sie ist.

»Mama«, ruft sie in die düstere Stille hinein. »Ma-ma?«

Doch nichts passiert. Keine Regung, nur dunkles Nichts.

»Hilfe«, ruft sie in das düstere Schweigen. »Hiiiilfe!«

Ängstlich tastet sie weiter, tastet heftiger, bis sie schließlich wahllos um sich schlägt.

Irgendetwas muss doch passieren, irgendjemand wird doch da sein. Angelina schlägt ihre Arme immer verzweifelter um sich. Dann endlich eine Reaktion. Ein Scheppern, ein Krachen, gefolgt von Unruhe. Noch ein Scheppern, noch ein Krachen und endlich dringen Stimmen an ihr Ohr, erst leise murmelnd, dann hektisch und nah. Sie hört aufgeregte Schritte. Sie fragt sich, ob nun endlich Hilfe naht. Erschöpft schlägt sie weiter um sich, geplagt von einem schmerzenden Hämmern in ihrem Kopf. Dann wird das Licht eingeschaltet, ein grelles Licht in grellem Weiß. Weiß gekleidete Menschen strömen zu ihr, zahlreich und fremd. Ist das die Hilfe, die sie sich erhofft hatte? Als Angelina sieht, wo sie ist, empfindet sie keine Angst mehr, sondern Panik steigt in ihr auf.

Nein, das habe ich nicht gewollt. So sollte es nicht kommen.

9

Das sollte nie passieren! Ihr Schmerz wird größer und stärker, wächst ins Unermessliche, droht ein dunkles Wissen aufdecken zu wollen. Eine peinigende Ahnung, eine unumkehrbare Realität.

Es tut weh. Es tut so weh. »Nein, das will ich nicht. Ich will das nicht wissen! Ich will nicht, nein!«, ruft sie laut und klagend, als die weiß gekleideten Menschen nach ihr greifen.

Jetzt hat Angelina wirklich genug. Genug gerochen, genug gehört, genug gesehen und genug gefühlt. »Es soll aufhören«, schreit sie und es scheint, als wolle sie das dem Schmerz befehlen. »Es muss aufhören!«

Eine weitere Welle der Übelkeit bäumt sich auf, reißt sie mit, bis sich endlich der erlösende Schleier der Dunkelheit über ihre Augen legt.

Ja, so ist es besser. So wird es gehen – flimmern ihre Gedanken ein letztes Mal auf, bevor sie das Bewusstsein verliert. Eine erleichternde Ruhe, wie ein Schutzwall vor dem Schmerz … zumindest vorerst.

Aber WAS will Angelina nicht wissen? Was war nur mit ihr passiert? Kurz vor ihrem vierzehnten Geburtstag, als sie sich mit ihren Eltern auf den Weg in die Sommerferien gemacht hatte? War es denn nicht so wie immer gewesen? Als ihre Eltern, Ava und Albert Maginie, den Wagen vollgepackt hatten, mit dem ganzen Zeug, von dem sie nie wussten, ob sie es überhaupt brauchen würden? Als Angelina sich von ihrer Katze Ally verabschiedet hatte, die den Sommer immer bei der Nachbarin verbrachte? Wollten sie nicht wie jedes Jahr auf die Insel Nuria in ihr kleines, aber feines Holzhaus in der Nähe der alten Mühle reisen? Und was war mit Tom, ihrem besten Freund? Hatte sie ihn nicht endlich wiedersehen wollen?

10

Arme Angelina. Da liegt sie nun. Allein in einem Krankenhaus. Unwissend und verletzt. Doch während ihr Körper schlummert und sich weigert, diesen Fragen nachzugehen, ist es, als ob ihr Unterbewusstsein ihren Geist hinfort trägt. Hinfort in das Land der Träume, hinfort in eine bessere Zeit. Eine Zeit voller Hoffnung und Sonnenschein, als alles noch gut war und die Luft so verheißungsvoll nach Glück und Abenteuer geduftet hatte – damals, als das EINE große Abenteuer seinen Lauf genommen hatte, vor einem Jahr auf Nuria …

VOR EINEM JAHR AUF NURIA

KAPITEL I

DIE BLAUE BUCHT

An diesem Sommertag war alles leicht und wunderschön. So erschien es zumindest den vielen Familien, die ihre Picknickkörbe gepackt hatten und ans Meer gefahren waren. Angelina saß mit müden Augen auf der Rückbank des Wagens ihrer Eltern. Sie waren auf der wundervollen Urlaubsinsel Nuria, auf dem Weg zur blauen Bucht. Angelina liebte die Insel Nuria und sie liebte die blaue Bucht. Seit sie denken konnte, fuhr sie mit ihren Eltern an diesen Ort. Die Insel lag verborgen im Mittelmeer. Jedes Jahr zu Beginn der Sommerferien fuhr die Familie Maginie mit dem Auto Richtung Küste, bis sie anschließend mit der Fähre übersetzen konnten. Angelina lebte mit ihren Eltern auf dem Festland, an einem kleinen, aber feinen Ort. Silona hieß das Städtchen, in dem es im Sommer viel zu heiß wurde. Doch auf Nuria wehte immer eine angenehme Brise. Auf Nuria waren die Menschen gut gelaunt und entspannt. Und auf Nuria konnte Angelina ihre Seele baumeln lassen. Aber wirklich immer?

Angelina starrte große Löcher in die Luft. Sie war gerade dreizehn Jahre alt geworden und irgendetwas hatte sich verändert. Wahrscheinlich war es nichts Schlimmes, aber dennoch, Angelina konnte an nichts anderes mehr denken. In der kommenden Nacht wollte sie deswegen kein Auge zumachen. Sie würde nicht einschlafen dürfen, nein, sie würde es sich sozusagen verbieten.

Erst vor ein paar Tagen, genau nach ihrer Geburtstagsfeier,

13

war es passiert ... einfach so, während sie schlief. Angelina war durch das Haus gewandelt wie eine echte Schlafwandlerin. Jedes Mal war das Erwachen gruselig gewesen, denn sie wachte nicht in ihrem Bett auf. Beim ersten Mal war es Mamas Wäschekorb, in dem sie sich wiedergefunden hatte. Und der stand immerhin in der Abstellkammer des düsteren Kellers. Beim zweiten Mal war sie in der Garage aufgewacht, das war keineswegs besser, denn dort war sie umgeben von Spinnen und anderen Krabbeltieren. Angelina hatte in diesen Momenten wie erfroren verharrt, hatte Minuten gebraucht, die sich anfühlten wie Stunden, um zu verstehen, wo sie war und was passiert sein musste, um dann wieder schnell in die Sicherheit ihres großen, warmen Betts fliehen zu können. Es war ein Albtraum.

Nun waren Angelina und ihre Eltern angekommen. Das Auto stoppte abrupt und riss Lina aus ihren Gedanken. Ihr Vater Albert hatte ihr diesen Spitznamen gegeben und nannte sie so, seit Angelina ein Baby war. »Das ist irgendwie niedlicher«, hatte er gemeint, und obwohl Angelina mittlerweile kein Baby mehr war, nannten sie fast alle, die sie kannten, einfach nur Lina.

Da war sie – die blaue Bucht. Schön und bedrohlich zugleich, mit dem klaren Wasser und den Felsen, die wie Meeresungetüme wirkten. Nirgendwo anders schien das Wasser so unendlich blau wie in der blauen Bucht. Manche sagten, es läge an den besonderen Lichtverhältnissen, aber für Lina stand fest, dass irgendeine mystische Kraft dahinterstecken musste.

Lina legte sich erschöpft auf ihr Badetuch und schloss die Augen, während sich ihre Eltern auf die Suche nach Sonnenliegen begaben.

Ich würde so gerne schlafen. Sie schüttelte dann aber strafend den Kopf. *Nein, nicht heute.*

»Was schüttelst du mit dem Kopf?«, rief der Junge mit

14

den lustigen braunen Locken. Es war Tom, Linas bester Freund. Sie kannten sich eine halbe Ewigkeit, waren verbunden wie Geschwister. Lina hatte ihre Augen wieder geöffnet und blickte verschämt zu ihm auf.

»Nicht so neugierig«, sagte Lina.

»Wieso?«, fragte Tom. »Gibts Geheimnisse?«

Tom war ein Abenteurer, ganz anders als sie. Manchmal erschien es ihr, als denke er nie nach. Irgendwie war er immer mittendrin und überall dabei. Mit Wucht ließ er sich auf Linas Strandtuch fallen.

»Hey, setzte er feierlich an, »dieses Jahr gibt es keine Ausreden mehr. Du wirst springen und du wirst es lieben. Das wird ein irres Erlebnis, besser als Achterbahnfahren, hoch und heilig versprochen!«

Angelina blickte gequält vor sich hin. Da hatte er es wieder gesagt. Ja, viele Kinder trauten sich, hier von den Klippen ins Meer zu springen, sicherlich, aber Lina hatte eine Heidenangst davor. Jedes Jahr nervte Tom sie mit seinen Klippen, dann wurde er ernsthaft zum Blödmann, denn er wusste, dass Lina sich davor fürchtete.

»Das ist das Letzte, was ich heute gebrauchen kann«, erwiderte Lina.

Tom sah sie überrascht an. Irgendwie war Lina anders als sonst, das spürte er. Traurig sah sie aus.

»Was ist los?«, fragte er. »Ist was passiert?«

Lina überlegte, ob sie Tom einweihen sollte. Aber was sollte sie ihm sagen? Dass sie jetzt nachts durch die Gegend wandelt und Angst hat, verrückt zu werden … Das klang ziemlich blöd. Also schüttelte sie erneut mit dem Kopf.

»Neeee«, seufzte sie, »ich habe nur schlecht geträumt. Ich brauche jetzt echt meine Ruhe, ist das okay?«

In der Ferne konnten sie Linas Eltern erkennen, wie sie, bepackt mit Sonnenschirm und Liegen, durch den heißen Sand stapften.

15

»Ist gut«, flüsterte Tom und stand wieder auf. »Und wenn du reden willst, dann ...«

»Klar«, unterbrach ihn Lina.

Er lief zurück, auch wenn es ihm schwerfiel, Lina so traurig wirkend zurückzulassen. Er lief zurück zu den anderen. Sie sprangen von den Klippen ins Meer und hatten ihren Spaß, und Tom war eben wieder mittendrin und überall dabei.

Es dauerte nicht lange, da war Lina wieder allein. Ihre Eltern hatten sich zu einem Strandspaziergang auf gemacht. Sie waren vollkommen ahnungslos, hatten nicht mitbekommen, was in den letzten beiden Nächten passiert war. Und diesmal war Lina froh darum, denn sie wollte nicht, dass ihre Eltern sich sorgten.

Das hieß dann wohl abwarten. Sie ließ sich wieder zurück auf ihr Badetuch fallen, das wunderbare Blau des Himmels vor ihren Augen. Was hatte das alles nur zu bedeuten?

KAPITEL II

ES WAR NACHT

Es war schon spät, aber Lina lag nicht in ihrem Bett. Sie saß auf der Fensterbank und überlegte krampfhaft, was sie im Kampf gegen die Müdigkeit noch alles unternehmen könnte. Sie hatte bereits ihr gesamtes Zimmer aufgeräumt, sogar die Kiste mit ihren Mal- und Bastelsachen hatte sie hervorgekramt, alles ausgekippt, um dann Stück für Stück alles zu sortieren. Heimlich hatte sie eine Flasche Cola aus der Küche stibitzt, diese allerdings war schon fast leer getrunken und Linas Bauch gab nun bei jeder kleinen Bewegung glucksende Geräusche von sich.

Na toll, jetzt bin ich hundemüde und habe dazu noch einen Gluckerbauch. Ewig werde ich dieses Bleib-wach-Programm nicht durchziehen können. Sie blinzelte zu ihrem Bett. Mein Gott, sah das gemütlich aus. »Vielleicht sollte ich mich einfach nur hinlegen und schlafen«, flüsterte sie. Aber dann meldeten sich wieder Zweifel und sie blieb artig an Ort und Stelle sitzen.

»Ach«, seufzte sie schweren Herzens, »womit habe ich das nur verdient?« Sie wusste, dass es nicht schlimm war, wenn man schlafwandelte. Einer ihrer Schulfreunde erzählte zu Hause immer witzige Geschichten darüber, wenn er seine Eltern mit seinen nächtlichen Streifzügen durchs Haus wieder einmal zu Tode erschreckt hatte. Ihre eigene Geschichte fand Lina kein bisschen lustig. Sie hatte keine Lust, wieder an irgendeinem gruseligen Ort aufzuwachen, und schon gar nicht wollte sie anderen davon erzählen. Natürlich wusste sie, dass sie nicht jede Nacht würde wach bleiben können. Aber heute, zumindest in dieser Nacht, wollte sie Ruhe haben vor dunklen Kellerräumen und Garagen. *Und wer weiß, vielleicht ist der Spuk ab morgen vorbei und ich kann ENDLICH meine Sommerferien genießen!*

Für Angelina war Nuria der Inbegriff der Freiheit. Angelinas Eltern hatten das Ferienhaus auf Nuria vor vielen Jahren gekauft, als sie vier Jahre alt war. Es stand auf einem Hügel, umgeben von herrlich duftenden Limonenbäumen, in der Nähe einer kleinen Mühle, die aber nicht mehr in Betrieb war. Mit den Jahren hatten sie sich immer besser eingerichtet. Das kleine Ferienhäuschen war wie ein zweites Zuhause für sie und die Tatsache, dass Tom ebenso jeden Sommer hier verbrachte, machte ihre Zeit auf Nuria perfekt. Alle Ängste und Sorgen, die sie zu Hause plagten, spielten hier keine Rolle, außer vielleicht, wenn es um das Klippenspringen ging … Dabei hatte sie sich gerade in letzter Zeit oft gehemmt gefühlt. Wenn einer ihr einen Spruch gedrückt hatte, war ihr nichts eingefallen. Wenn jemand unfreundlich gewesen war oder sich jemand vorgedrängt hatte, hatte sie dies geschehen lassen. Nicht, weil es ihr nichts ausmachte, sondern weil sie das Gefühl hatte, nicht anders zu können. Sie schämte sich deswegen. Sie schämte sich sehr, fragte sich, warum sie sich nicht besser wehren könne. Daher hatte sie sich in diesem Jahr besonders auf eine Auszeit gefreut.

In der Ferne konnte sie das Meer erahnen. *Ob ich das Rauschen wohl von hier hören kann?* Sie öffnete neugierig das Fenster, aber nein, nicht doch, es war ja zu weit weg. Ernüchtert setzte sie sich wieder. Lina dachte an ihr Lieblingslied *Wait for Sleep**. Warten auf den Schlaf – nur, dass Lina nicht auf den Schlaf wartete, in dieser Nacht fürchtete sie ihn.

Dann bleibe ich eben hier sitzen und stelle es mir vor – das Meer, das Rauschen und den Sand. Und so saß Lina eine ganze Weile, dachte an den Strand und harrte geduldig aus , bis sie doch irgendwann einschlief.

18

Einige Stunden später, es war bereits nach Mitternacht, entschwand sie unbemerkt durch die Haustür. Die Nacht war warm und der Mond schien hell. Lautlos schlich sie über die Insel, schritt über die noch warme Erde und wandelte schlafend zu den Klippen am Meer. Sie ließ sich elegant vom Meereswind leiten, der umso heftiger blies, je näher sie dem Wasser kam.

Dann stand sie leicht wie eine Feder am Abgrund der Klippen. Das Meer rauschte sanft und betörend. Doch Angelina bekam nichts davon mit. Mit geschlossenen Augen stand sie dem monddurchfluteten Horizont gegenüber, in der Tiefe nichts als das dunkle Meer. Beherzt, als ob mit Absicht, sprang sie ab und … wachte auf. Es war nur ein kurzer Moment der Panik. Sie hatte noch nicht einmal Zeit, um nach Luft zu ringen. Lina stürzte in die Tiefe, bloß für den Bruchteil einer Sekunde, denn dann wurde sie gehalten – ganz wie von Geisterhand.

Es war, als ob sie in einen unsichtbaren Aufzug gefallen wäre, der sie langsam und sicher nach unten geleitete. Wie war das möglich? Lina hatte keine Ahnung, wie ihr geschah. Langsam, sehr langsam ging es abwärts und es blieb ihr nichts anderes übrig, als die Dinge geschehen zu lassen.

So ist es natürlich leicht, von den Klippen zu springen! Gleich würde sie eintauchen in das dunkle Nass. Dann würde sie schwimmen müssen, zurück zum Strand, na ja, und dann wäre es immerhin noch ein kleiner Marsch bis nach Hause. Ein Mitternachtsbad und eine Nachtwanderung, das ist so ziemlich das Letzte, was sie sich für die heutige Nacht gewünscht hat. Aber vielleicht würde sie gleich aufwachen und in ihrem kuscheligen Bett liegen? Der Gedanke tröstete sie für einen kurzen Moment, aber dann machte es bereits *plumps und platsch* – und sachte war sie untergetaucht. Was für ein schräger Abgang.

»Und ich hätte dir gezeigt, dass ich dich beschützen kann und dass von mir nie, wirkliche niemals Gefahr ausgeht«, sagt sie plötzlich wie aus dem Nichts und so schnell und unerwartet wie mir die Tränen in die Augen schießen, bleibt mir nichts anderes übrig als sie fließen zu lassen. Doch es ist nicht schlimm, denn sie umarmt mich sofort und mir wird warm und wohlig ums Herz …

(aus Band III *Angelina Maginie – I imagine*)

KAPITEL III

DIE GEHEIMNISVOLLEN FREUNDE

Lina kämpfte sich an die Wasseroberfläche empor. Sie war nicht sonderlich tief eingetaucht. Dennoch musste sie tüchtig nach Luft schnappen, und es dauerte eine Weile, bis sie wieder ganz bei sich war. *Ooooohhh, ist das kalt.* Lina bibberte. *Jetzt aber schnell.* Doch wie sollte sie am besten schwimmen? Die Dunkelheit erschien ihr wie ein großes schwarzes Loch, das drohte, sie zu verschlucken. Ihre Kleidung hatte sich mit Wasser vollgesogen und klebte schwer an ihrem Körper. Mühsam strampelte sie sich ab. »Hilfe!«, schrie sie, obwohl sie wusste, dass da keiner war. »Hiiiiilfe! Bitte hilf mir!«

»Bleib bei uns«, hörte sie es plötzlich um sich herum flüstern. »Bleib bei uns, wir helfen dir!« Lina stockte der Atem. Sie war nicht allein? Zahlreich waren sie erschienen und stoben durch das Wasser. Eine freudige, verspielte Gruppe, die sich einen Weg zu ihr gebahnt hatte. Sie hatten sie gesucht und gefunden. »Wir helfen dir, hab keine Angst«, quiekten sie mit ihren hellen Stimmen.

Oh, wie wunderbar, wie zauberhaft und wunderschön! Wie herrlich konnte das nur sein? Angelina schluchzte vor Erleichterung – sie war umringt von Delfinen. Ganz nah drängten sie sich an sie heran, wie eine schützende Decke, die sich behutsam um das junge Mädchen gelegt hatte, um sie zu wärmen. Schon immer hatte sie mit Delfinen schwimmen wollen, dass es nun auf diese Weise geschehen würde, hätte sie nicht gedacht. »Danke!«, rief sie. »Danke, dass ihr gekommen seid!«

Und nein, sie verlor keinen Gedanken daran, wie wundersam es war, von sprechenden Delfinen umgeben zu sein. Sie war in Sicherheit, und das war alles, was zählte. Ganz ruhig und selbstverständlich ließ sich Angelina treiben. Ihre Angst war verschwunden – und sie genoss den Augenblick, denn er war über die Maßen vollkommen.

Die Delfine brachten Lina zum Strand zurück und warteten, bis sie vorsichtig aus dem Wasser gewatet war. Endlich hatte sie wieder festen Boden unter den Füßen, und der Sand zwischen ihren Zehen fühlte sich warm und vertraut an. Sie keuchte vor Aufregung. Ach, es waren einfach so viele Dinge, die ihr durch den Kopf gingen.

»Jetzt brauche ich erst mal eine Pause«, murmelte sie und plumpste benommen in den Sand. Doch die Delphine dachten nicht daran, ihr eine Pause zu gönnen. Sie fingen an zu singen. Es war eine seltsam schöne Melodie, ein heiteres Lied. Der Text war kurz und rätselhaft:

Denk an dich, wir helfen dir,
trau dich auch, wir stehen zu dir!

Sie sangen mit ihren quirligen Stimmen und sahen dabei unglaublich putzig und vergnügt aus. *Jetzt singen sie mir auch noch ein Ständchen!* Mit offenem Mund stand Angelina da und beobachtete das seltsame Spektakel. Sie war mehr als verdutzt. »*Denk an dich, wir helfen dir, trau dich auch, wir stehen zu dir!*«, wiederholte Lina leise. Was in aller Welt hatte das zu bedeuten? Es dauerte nur eine kurze Weile und dann, wie auf Kommando, beendeten die Delfine ihre Darbietung – als hätten sie beschlossen, dass es nun genug sei. Emsig drifteten sie auseinander und es vergingen lediglich

Sekunden, bis einer nach dem anderen im Wasser verschwunden war.

»Nicht doch, bitte wartet!«, schrie Lina ihnen aus Leibeskräften hinterher. »Ihr müsst mir erklären, was das alles zu bedeuten hat!« Doch da war es schon zu spät. Blitzschnell hatten sie sich aus dem Staub gemacht. Wo waren sie nur hin?

Einen Moment noch blieb sie stehen. Sie war wieder allein. Ein junges Mädchen, das mitten in der Nacht zum Strand gelaufen war. Sie beobachtete das Meer, lauschte dem Klang der Wellen – von den Delfinen keine Spur. »Verrückt«, murmelte Lina, während sie wie hypnotisiert auf das Wasser starrte. »Das ist total verrückt.« Aber dann besann sie sich. »Ich muss nach Hause, und zwar sofort.« Lina hatte keine Ahnung, wie spät es war. Nicht auszudenken, was ihre Eltern sagen würden, wenn sie Lina in ihren pudelnassen Sachen sehen würden. Der Gedanke ließ sie in Panik geraten und hastig rannte sie los. Sie lief schnell. Lina war eine sehr gute Läuferin, sodass sie bald ihr Haus erreichte.

Etwas später am Morgen wachte Angelina in ihrem Bett auf. Sie fühlte sich ausgeruht und auf seltsame Weise zufrieden. Die Sonnenstrahlen blitzten durch ihre Vorhänge. Aus der Küche drangen geschäftige Klänge zu ihr nach oben. Wahrscheinlich waren es ihre Eltern, die gerade das Frühstück zubereiteten. Eigentlich war alles so wie immer. Wirklich alles? Hatte sie diese Nacht nun erlebt oder nicht? War sie tatsächlich von den Klippen gesprungen, um dann von singenden Delfinen gerettet zu werden … oder hatte sie das nur geträumt?

Mit einem Ruck setzte sie sich auf. *Nein, das kann kein Traum gewesen sein.* Nervös ließ sie ihren Blick durch das Zimmer schweifen, als ob sie etwas suchen würde. *Sie haben mich an den Strand gebracht. Dann haben sie gesungen … dann bin ich nach Hause … und dann …*

»Ha«, rief sie triumphierend, sprang aus dem Bett und rannte zum Fenster. »Natürlich! Dann habe ich mich abgetrocknet und umgezogen.« Und da lag er, der Beweis ihres mysteriösen, nächtlichen Ausflugs – ordentlich ausgebreitet und fein säuberlich auf der Fensterbank abgelegt: die Klamotten der letzten Nacht, eindeutig noch kalt und nass. Die Aufregung durchzuckte sie wie ein Blitz. Nun war keine Zeit mehr für Ängste und Sorgen, denn jetzt wollte Lina nur noch eines: herausfinden, was da im Gange war. Schließlich handelte es sich um ein richtiges Abenteuer und noch nie zuvor hatte Lina ein Abenteuer erlebt.

»Für Abenteuer braucht man Freunde!«, rief sie laut und feierlich. Sie blickte in den Spiegel und grinste breit. »Ich muss es sofort Tom erzählen.«

FLASHFORWARD II

SCHMERZ, VERSTECK DICH!

Als Angelina das Bewusstsein wiedererlangt, ist es strahlend hell im Zimmer. Es ist vorbei, das fühlt sie. Keine Übelkeit mehr und kein Schmerz. Sie atmet durch.

»Das Mädchen, das Mädchen«, ruft ein kleiner Junge. Überrascht sieht Angelina sich um. Es sind viele Menschen in diesem Raum. Ein vollgepfropftes Krankenzimmer mit vielen Betten und noch mehr Menschen. Der Anblick ist surreal. Da sind schlafende Frauen, bandagierte Frauen, Frauen mit ihren Kindern, leise flüsternd oder fürsorglich vorlesend. Alle sind irgendwie abwesend und dennoch da. Nur der Junge vom Nachbarbett, vielleicht ist er gerade mal vier Jahre alt, scheint hellwach und guter Dinge.

»Drück auf den Knopf«, sagt seine Mutter, ohne von Angelina Notiz zu nehmen. Der Junge ist begeistert und folgt sogleich. »Gleich kommt Lucy«, ruft er. »Lucy bringt dir Eis!« Er lacht Angelina an, erwartet, dass sie sich freut.

Behäbig versucht sie, sich zu rühren. *Mein Gott, habe ich Durst.* Vorsichtig setzt sie sich auf, bemerkt den schlechtsitzenden Krankenhauskittel an ihrem Körper.

Dann betritt Lucy den Raum. Lucy, eindeutig eine Krankenschwester, Lucy, die müde und abgehetzt aussieht. Sie kümmert sich, wenn auch mechanisch. Sie will wissen, wie es Angelina geht, ob sie Schmerzen hat, murmelt seltsam tröstende Worte. Lucy erklärt, dass alles gut sei, dass sie in

Sicherheit sei und dass gleich eine Ärztin käme. Sie gibt ihr zu trinken und fragt sie schließlich, ob sie ein Eis wolle. Angelina nickt.

»Kann ich auch?«, ruft der Junge. Lucy bejaht. Der Junge ist glücklich. Dann geht Lucy und Angelina denkt, dass sie nicht nur müde, sondern auch traurig aussieht. Ja, alle scheinen hier traurig zu sein.

»Es hat einen Unfall gegeben. Ein Fährunglück vor Nuria, ein schrecklicher Wirbelsturm, aber du scheinst es gut überstanden zu haben«, sagt die Ärztin, die kurze Zeit später eintrifft. Sie untersucht Angelina, stellt ihr Fragen. Angelinas Stimme scheint wie eingerostet, klingt krächzend und ihr Hals ist trocken.

»Wie heißt du?«, fragt die Ärztin.

»Angelina.«

»Angelina und wie weiter?«

Aber das kann Angelina nicht sagen. Sie kann nicht sagen, wie sie heißt und wer sie ist. Sie kann auch nicht sagen, mit wem sie unterwegs gewesen war und was mit ihr passiert war. Eine plötzliche Leere lässt sie ins Nichts starren. Sie gähnt. Angelina weiß, dass sie müde ist. Die Ärztin lobt sie, erklärt, dass sie später wiederkommt, dass sie sich ruhig ausruhen soll, dass Lucy sich um alles kümmert, wenn sie etwas brauchen sollte. Sie wiederholt, dass Angelina in Sicherheit sei, aber auch sie sieht traurig aus, als sie das sagt. *Komisch, ich fühle mich gar nicht traurig.* Sie fühlt sich angenehm ruhig, wie eine stille Beobachterin ihrer Selbst. Nimmt alles wahr, als nähme sie es zum ersten Mal wahr.

Einen Unfall hat es also gegeben. Ein Fährunglück vor der Insel Nuria. Und mich hat es mitgerissen? Raus in den Sturm, in die Tiefen des Meeres? Sie kann es nicht glauben, obwohl sie versteht. Aber die Worte lösen nichts in ihr aus. Sie gähnt erneut. *Ich will schlafen, sonst will ich nichts.* Sie legt sich hin und zieht die Decke über den Kopf.

28

Wir werden schon rausfinden, wer du bist. Wir finden deine Familie und du kannst bald nach Hause – gehen ihr noch mal die Worte der Ärztin durch den Kopf.

Nach Hause. Nach Hause klingt komisch. Kurz versucht sie, darüber nachzudenken, versucht sich an ihr Zuhause zu erinnern. Doch dann kommen Kopfschmerzen auf und sie verliert die Lust. Zuhause kann warten. Sie schließt die Augen und schläft ein, taucht ab in die Tiefen ihrer Welt, träumt, ohne es zu wissen, träumt von einer wundersamen Zeit.

VOR EINEM JAHR AUF NURIA

KAPITEL IV

TOMS COUSINE

Angelina lief. Sie lief, so schnell sie konnte, lief den Hügel hinunter, vorbei an knorrigen Olivenbäumen, an üppigen Sträuchern und Blumen, an streunenden Katzen und gut gelaunten Spaziergängern. Sie lief an der alten Mühle vorbei, bis runter zum Marktplatz, begrüßte die Blumenfrauen an ihren Ständen, lief weiter durch enge, kühle Gässchen – runter zum Schuster, dann noch einmal um die Ecke, bis sie endlich in der Goldmundgasse vor Toms Haustür angekommen war. Puh, da musste sie erst mal Luft holen. Was für ein Spurt.

Normalerweise dachte Lina ellenlang nach, bevor sie etwas tat. Nicht so an diesem Morgen. Und da stand sie nun, mit wild pochendem Herzen, fest entschlossen, Tom alles zu erzählen.

Es war Toms Mutter, die Lina die Tür öffnete. »Morgen, Henrietta«, rief Lina und sauste an ihr vorbei. »Ich muss dringend zu To...« Sie stolperte in die Küche. »Hä?«, platzte es aus ihr heraus. *Wer zum Teufel war DAS?*

Am Küchentisch saß ein fremdes Mädchen, ungefähr so alt wie sie selbst. Sie hatte lange, blonde Haare, weich gedrehte Locken, war einfach wunderschön. Fast reglos saß sie da, vor sich eine sparsam gefüllte Müslischale und musterte Angelina verwundert.

»Wie du siehst, haben wir Besuch«, rief Toms Mutter, die

31

Angelina kopfschüttelnd eingeholt hatte. Sie erklärte, dass dies Clarissa sei, Toms Cousine, dass sie gestern Abend eingetroffen sei, um die Sommerferien bei ihnen zu verbringen. Angelina stellte sie als »Toms beste Freundin« vor, lobte sie von Kopf bis Fuß. Erklärte, dass Angelina ein wahrer Engel sei, so lieb und hilfsbereit und dass sie und Clarissa bestimmt Freundinnen würden. Angelina wurde ordentlich rot im Gesicht und wusste überhaupt nicht, was sie sagen sollte.

»Hat es dir die Sprache verschlagen?«, fragte Henrietta lachend. »Na, komm, setz dich. Tom wird gleich da sein.«

Angelina tat wie ihr befohlen und setzte sich. »Hey«, nuschelte sie verlegen.

»Guten Morgen«, erwiderte Clarissa und Angelina war erstaunt, wie schrill ihre Stimme klang.

»Du bist zum ersten Mal auf Nuria?«, fragte Lina, da ihr nichts Besseres einfiel.

»Und du? Kommst du immer so früh zu Besuch?«, entgegnete Clarissa.

Angelina zuckte zusammen. Sie fühlte sich ertappt und war dennoch überrascht über die spitze Bemerkung.

»Ich … ähem«, stammelte sie herum, »ich war hier so in der Gegend.«

Clarissa verzog abschätzig das Gesicht. »Ist ja ein Ding«, antwortete sie, sodass Angelina sich augenblicklich blöd vorkam.

Na, das kann ja heiter werden. Wo bleibt denn nur Tom? Sie räusperte sich, blickte nervös zur Küchentür. Clarissa, die ihren suchenden Blick bemerkt hatte, begann zu grinsen. »Da kannst du lange warten«, sagte sie. »Der stylt sich bestimmt noch.« Sie löffelte vornehm ihr Müsli weiter, während Angelina sie stumm beobachtete. *Tom stylte sich nie. Wenn der so lange braucht, dann wahrscheinlich nur, weil er keinen Bock auf dich hat.* Angelina lugte verstohlen auf ihre Uhr. Noch fünf Minuten. Fünf Minuten wollte sie noch durchhal-

32

ten. Sie stand auf, nahm sich ein Glas Wasser und setzte sich äußerst geräuschvoll wieder an den Tisch.

»Du hast nicht gewusst, dass ich komme, nicht wahr?«, fragte Clarissa wie aus dem Nichts. Angelina sah sie irritiert an. *Worauf wollte sie denn jetzt hinaus?* »Ich, äh, weiß nicht so genau. Wieso?«

»Hat Tom dir erzählt, dass ich zu Besuch komme oder nicht?«, hakte Clarissa noch mal etwas schärfer nach.

»Ich weiß es echt nicht mehr. Vielleicht hat er es mir erzählt und ich habs vergessen«, versuchte Lina sich aus der Nummer zu retten.

Clarissa schien unzufrieden mit der Antwort, doch bevor sie abermals nachbohren konnte, kam endlich Tom zur Tür herein.

»Deine beste Freundin ist hier«, säuselte Clarissa, ehe Tom etwas sagen konnte. Er überging ihre bissige Bemerkung, freute sich sehr über Angelinas Kommen und setzte sich hungrig an den Frühstückstisch.

»Na?«, bemerkte er, nachdem er sich ein üppiges Sandwich belegt hatte. »Ihr habt euch also schon kennengelernt?«

Und wie wir uns kennengelernt haben. Bei der Eisprinzessin vergeht einem echt der Spaß. Sie sah ihn nervös an. Was sollte sie nun machen? Sie hatte keine Ahnung. Und sie schien erst jetzt zu bemerken, dass sie von Anfang an keine Ahnung gehabt hatte und dass sie viel zu überstürzt zu Tom aufgebrochen war. Mit Clarissa an ihrer Seite würde sie ihren Plan nicht durchziehen können …

»Hey«, sagte Tom. »Was ist? Warum bist du schon so früh unterwegs?«

Angelina gab einen schwachen Seufzer von sich. »Ach«, entgegnete sie, »ich war heute früh wach und dachte, dass du vielleicht Lust auf einen Spaziergang hast. Muss aber nicht sein, echt nicht.«

34

»Muss es nicht? Wieso?«, fragte Tom überrascht.

»Was für eine blöde Frage«, meldete sich Clarissa zu Wort, »weil ICH da bin.« Tom, der in Windeseile sein Sandwich verputzt hatte, starrte sie verblüfft an. »Ja, und? Wir können doch zusammen gehen. Wo ist das Problem?«

»Wo das Problem ist?«, krächzte sie pikiert. »Dass ich so früh am Morgen keine Spaziergänge machen möchte!«

»Ach, ja? Und was möchtest du dann machen?«, sagte Tom nun schon lauter.

»Weiß ich noch nicht«, giftete Clarissa zurück, »vielleicht erstmal in Ruhe ankommen.«

»Dann komm DU in Ruhe an und ICH gehe spazieren!«

»Boah!« Clarissa schnappte nach Luft. »Und mich allein lassen? An meinem ersten Ferientag?«

Angelina konnte es kaum glauben. Wo war sie da nur hineingeraten? Die beiden zankten sich wie wild gewordene Hühner und sie bereute es, dass sie gekommen war.

»Ist gut«, sagte sie schnell und stand auf. »Ich werde gehen. Kümmere du dich um deine Cousine.«

»Nein, du bleibst«, protestierte Tom. Doch sie war bereits durch die Tür. Sie drehte sich nicht mehr um, hörte noch, wie Clarissa sich lauthals beschwerte: »Du hast mir meinen ersten Ferientag versaut. Du und deine beste Freundin.« *Unglaublich, wie diese Clarissa sich aufführte. Wie konnte man nur in die Ferien fahren und so schlecht gelaunt sein?*

Sie verließ das Haus. Sie lief durch die Goldmundgasse bis zum Marktplatz, auf dem sich mittlerweile viele Menschen tummelten. Sie beobachtete das dichte Treiben, lauschte den Rufen der Marktschreier. Sie fragte sich, ob sie Tom wirklich einweihen sollte? .Überlegte, ob es nicht sogar ein glücklicher Zufall war, dass sie nicht mit Tom hatte sprechen können.

»Was ist los?«, hörte Angelina plötzlich eine Stimme rufen. Neben ihr stand kein anderer als Tom, völlig außer Puste, da er ihr hinterhergerannt war. Angelina sah ihn mit großen Augen an.

»Wehe, du protestierst«, fügte er hinzu. »Keiner sagt mir, mit wem ich meine Zeit zu verbringen habe. Und außerdem will ich wissen, was los ist. Es ist doch was los, oder?« Und da begann Angelinas Herz wieder wild zu schlagen. »Du wirst es sehen«, war die Antwort, die er zu hören bekam. »Du musst es sehen.«

KAPITEL V

DER PLAN

Zu allem Überfluss waren dicke Gewitterwolken aufgezogen und sie ließen den Himmel grau und düster erscheinen. Das war gut und schlecht zugleich, wie Angelina befand. Gut, da sie die blaue Bucht fast für sich allein hatten. Die wenigen Badegäste, die sich an diesem Morgen hierhin verirrt hatten, packten eilig ihre Badesachen ein. Schlecht, da das Wetter schlecht war – und zwar äußerst schlecht. Angelina versuchte, keine Notiz von all dem zu nehmen. Eilig rannte sie auf die Klippen zu. Sie wollte unbedingt die Stelle finden, von der sie in der gestrigen Nacht abgesprungen war. Tom war zwischenzeitlich stehen geblieben, er konnte nicht mehr und musste verschnaufen.

»Willst du mir wirklich nicht verraten, was wir hier machen?«, rief er keuchend. Lina war bis an die äußerste Spitze der Klippen gelaufen und blickte nachdenklich in den Abgrund. Tom wurde es langsam mulmig zumute, denn er wusste, dass Lina Angst vor dieser Stelle hatte. Noch nie hatte er sie dazu bewegen können, sich der Steilküste so zu nähern.

»Kannst du das bitte halten?«, fragte Lina, die Sommerkleid und Sandalen ausgezogen hatte, sodass ein blauer Badeanzug zum Vorschein kam. Tom sah sie verstört an. »Verdammt, was hast du vor?«

»Ich weiß, es wirkt verrückt, aber ich habe einen Plan«, sagte Lina.

»Einen Plan?«, wiederholte Tom. »Bei Gewitter baden zu

37

gehen? Dich bei Sturm ins Wasser zu stürzen? Ist das dein Plan?«

Aus der Ferne hörten sie bereits ein leises Donnergrollen. Viel Zeit blieb Angelina nicht, so viel stand fest. »Dann muss es eben schnell gehen«, rief sie trotzig. Sie wollte jetzt nicht kehrtmachen, jetzt, da sie immerhin dieses Intermezzo mit Clarissa überstanden hatte. »Bitte, Tom, vertrau mir. Du wirst es gleich verstehen, ehrlich!«

Missmutig schnappte er sich Angelinas Sachen. Im Grunde konnte er sich gar nicht vorstellen, dass Angelina etwas Gefährliches machen würde. Normalerweise war SIE immer diejenige, die ihn zur Vernunft bringen musste und nicht umgekehrt.

»Und nun?«, grummelte er.

»Nichts«, rief Angelina und entfernte sich einige Schritte von ihm. »Du bleibst da vorn und beobachtest das Wasser. Ja, genau. Beobachte einfach das Meer, okay?«

Tom seufzte genervt. »Habe ich eine Wahl?«, rief er und drehte sich um. Und natürlich hatte er die nicht.

Besorgt blickte Lina zum Himmel. Der Wind pfiff ihr um die Ohren. Ihr war kalt. Es stürmte nicht oft in der blauen Bucht, aber wenn, dann heftig.

»Es muss sein«, flüsterte sie, »es muss einfach sein.«

Und wenn es schiefgeht?

»Und wenn es schiefgeht?«, wiederholte sie laut.

Sie schaute zu Tom, sah, wie er ahnungslos am Rande der Klippen stand und auf sie wartete. »Nicht so viel nachdenken«, sagte er immer zu ihr. Allerdings hatte sie nie eine Vorstellung, wie genau sie das anstellen sollte. Schließlich arbeitete ihr Kopf ständig und immer und wie sollte man sowas nur abschalten? Aber an diesem Tag schien es anders zu sein. Ein Ruck ging durch ihren Körper, so, als hätte er ihr etwas voraus. Sie spürte einen Impuls und folgte ihm, hatte keine Zeit mehr zum Nachdenken.

38

Als Angelina loslief, schien es ihr, als ob ihre Beine von allein losgelaufen wären. Eine Melodie erreichte sie wie aus weiter Ferne, wie ein liebevoller Gruß aus einer fremden Welt und mit jedem Schritt war es ihr, als würde ihr Körper wohlig warm durchflutet. Angelina rannte ebenso entschlossen wie schnell geradewegs auf die Klippen zu. *Ich tue es ja wirklich!* Und dann sprang sie mit voller Geschwindigkeit in die Tiefen des Meeres.

Es war ein mutiger Sprung, ein freier Flug, der ihr Herz höherschlagen ließ. Ein aufregender Nervenkitzel durchzog ihren Körper, als sie mit Wucht in das kalte Wasser eintauchte. Endlich. Endlich hatte sich Angelina getraut, und noch nie in ihrem Leben war sie so stolz auf sich gewesen.

KAPITEL VI

WUNDERBAR

Es blitzte, es donnerte und Lina wollte so schnell wie möglich zurück ans Ufer. Zum Verschnaufen war keine Zeit. Der Regen fiel sintflutartig und Lina versuchte verzweifelt, gegen das wildgewordene Wasser anzukämpfen. Immer wieder tauchte sie unter und schnappte gierig nach Luft.

»Hierher«, hörte sie plötzlich Toms rettende Stimme. Schnell war er zum Strand gelaufen und seiner Freundin ins Wasser gefolgt, um ihr zu helfen.

»Nimm meine Hand«, rief er. »Du hast es gleich geschafft.«

Dankbar ergriff Lina seine Hand. Vor lauter Aufregung hatte sie nicht bemerkt, dass sie schon wieder Boden unter den Füßen hatte. Taumelnd wateten die beiden zum Ufer.

»Komm schnell«, brüllte Tom, »komm in die Höhle.«

Lina atmete auf. Zum Glück kannte Tom jeden Winkel der blauen Bucht. *Ach ja, die Höhle.* Die Höhle, in der sie früher so gerne Verstecken gespielt hatten. Ein absolut perfekter Ort, um sich vor einem Gewitter zu schützen. Doch statt loszulaufen, hielt Lina inne. »Die Delfine«, rief sie laut. »Ich muss sie suchen.« Tom warf ihr einen fragenden Blick zu, und ehe er sich versah, hatte Lina sich von seiner Hand losgerissen.

Lina rannte durch den Regen und das Gewitter, hatte weder Ohr noch Auge für die Gefahr. »Wo seid ihr?«, schrie sie. »Verflucht, zeigt euch! Das könnt ihr doch nicht machen!«

Aber sie konnte nichts erkennen, so sehr sie sich bemühte. Und plötzlich wurde sie von einem heftigen Schwindel überrascht, der sie zwang, stehenzubleiben.

»Was machst du denn?«, brüllte Tom, der sie endlich eingeholt hatte. »Wir müssen in die andere Richtung!«

Lina blickte ihn schuldbewusst an, während der Wind ihr gnadenlos den Regen ins Gesicht peitschte. Natürlich hatte er recht. Was hatte sie sich nur dabei gedacht? Dies war weder der Moment für ihre Delfinsuche und schon gar nicht für Schwindelanfälle.

So schnell sie konnten, rannten sie in Richtung der Felswand. Sicher lotste Tom seine Freundin zum Höhleneingang. Erschöpft ließen sich beide auf dem Felsboden nieder. Sie keuchten, als wären sie gerade einen Marathon gelaufen. »Verdammt«, schnaufte Tom und streckte alle viere von sich. »Was war das für eine Aktion?«

Doch Lina war zu erschöpft, um antworten zu können. Noch eine Weile lagen sie keuchend da, bis sie sich von der ersten Aufregung erholt hatten und spürten, wie unglaublich kalt ihnen war. Lina begab sich bibbernd an den Rand der Höhle und blickte betrübt auf die stürmische See. Die Delfine waren nicht gekommen. Sie war allein gesprungen, allein ins Wasser getaucht, und nur mit Toms Hilfe hatte sie sich an Land gekämpft. So glücklich sie über ihren mutigen Sprung war, es kam dennoch Enttäuschung in ihr auf. Ihr Plan hatte nicht funktioniert. Denn sie hatte gehofft, erneut auf die singenden Delfine zu treffen.

»Also?«, fragte Tom, der immer noch außer Atem war. »Was ist los? Ich wäre vor Schreck fast von den Klippen gestürzt, als du an mir vorbeigeschossen bist. Du bist doch nicht wegen mir gesprungen … ich meine, weil … ?«

»Nein«, antwortete Lina schnell, »ich bin meinetwegen gesprungen.«

42

Und dann begann Lina zu erzählen. Delfine hin, Delfine her – nach dem ganzen Spektakel hatte Tom Antworten verdient. Sie erzählte, wie sie geschlafwandelt war, wie sie nachts im Keller, dann in der Garage aufgewacht war und sie sich gar nicht mehr getraut hatte, einzuschlafen. Sie erzählte von ihrem nächtlichen Spaziergang, ihrem wundersamen Sprung und den singenden Delfinen.

Tom hörte ihr die ganze Zeit aufmerksam zu. Kein einziges Mal unterbrach er sie oder runzelte auch nur die Stirn, obwohl er eigentlich ein Weltmeister im Stirnrunzeln war. Nachdem sie zu Ende erzählt hatte, blickte sie Tom schüchtern an. »Na und – was hältst du davon?«

Tom schwieg und zeigte zunächst keine Reaktion. Er schien mit seinen Gedanken meilenweit entfernt. Angestrengt schaute er nach draußen. Die dicken Gewitterwolken hatten sich anscheinend in Luft aufgelöst und die Sonne schien wieder mit voller Kraft. »Mir ist kalt. Lass uns rausgehen«, sagte er. Und Lina folgte ohne Widerworte, denn auch sie war durchgefroren bis auf die Knochen.

Das Meer war nun wieder ruhig und friedlich und es war eine echte Freude, über den warmen, dampfenden Sand zu laufen. Die Wärme der Sonne ließ sic im Nu trocknen, sodass die Eiseskälte schnell vertrieben war. Lina wartete immer noch gespannt auf Toms Antwort, allerdings wollte sie ihn nicht drängen und so lief sie geduldig neben ihm her, ohne etwas zu sagen. Gefühlt dauerte es eine halbe Ewigkeit, bis Tom endlich und glücklicherweise die erlösenden Worte sprach. »Ich glaube dir«, sagte er ruhig. »Die Geschichte ist total schräg, aber ich glaube dir!«

Erleichtert sah Lina ihn an. »Ach«, seufzte sie aus tiefstem Herzen, »ich hatte so große Angst. Ich hatte Angst, du würdest mich auslachen.«

Beleidigt verzog Tom das Gesicht. »Spinnst du? Echte Freunde vertrauen einander und halten zusammen – und zwar IMMER!«

»Dann glaubst du mir NUR, weil wir echte Freunde sind?«

»Nee, du Huhn. Ich glaube dir GERADE, weil wir echte Freunde sind!«

Lina schaute dankbar auf das funkelnde Wasser. Mit Freunden ging eben alles viel leichter, und das war schlicht und ergreifend wunderbar.

»Dann hilfst du mir? Mit dieser Sache?«, fragte sie, nur um sich noch einmal zu vergewissern.

»Hoch und heilig versprochen«, antwortete Tom.

FLASHFORWARD III

SPAZIERGANG IM PARK

Angelina sitzt auf der Bank. Die Sonne scheint angenehm warm und der Platz, den sie sich ergattert hat, ist ruhig und geschützt. Genau das hat sie gesucht, einen geschützten Ort. Sie befindet sich im Park des Krankenhauses. Der Park ist schön, findet Angelina. Mit duftenden Rosensträuchern und herrlichen Palmen. Wie froh sie ist, eine ruhige Ecke gefunden zu haben, entfernt von der betroffenen Hektik im Krankenhaus.

Die letzten beiden Tage waren eintönig vergangen. Waschen, essen, untersucht werden, befragt werden, essen, spazieren gehen. Ja, sie konnte wieder spazieren gehen. Sie konnte umherstreifen, die anderen beobachten, das Elend der anderen betrachten, als ob sie nichts damit zu tun hätte. Dann wieder befragt werden, essen und schlafen. Immer wieder die gleichen Fragen und immer wieder keine Antworten. Dann die betroffenen Gesichter der Ärzte, als ob sie die ärmste Person auf der Welt sei. Mitfühlende Worte, die sie nur verärgerten.

Ich will mich nicht arm und traurig fühlen. Ich will, dass sie sagen: Vielleicht ist es kompliziert, aber das kriegst du schon hin! Vielleicht wissen wir gerade nicht weiter, aber es gibt immer eine Lösung!

Und wie sie dort sitzt und in den tiefblauen Himmel blickt, weht die Ferne eine sanfte Brise Meeresluft zu ihr hinüber. Und das fühlt sich so frei und so gesund an, dass Angelina fast vergisst, wo sie ist.

Und wenn ich einfach verschwinde? Wie weit würde ich wohl kommen? Nur mit dem, was ich anhabe? Der Gedanke erscheint ihr abstrus und abenteuerlich zugleich.

»Hallo, junge Dame«, ruft ein freundlicher alter Mann. In seinem sonnengegerbten Gesicht sind viele Lachfältchen zu erkennen. »So allein an diesem schönen Tag?« Angelina mustert ihn neugierig, hat aber keine Lust, zu antworten.

»Na ja«, meint der alte Mann nach einer Weile. »Ich habe auch oft keine Lust zu reden. Ich besuche meinen kleinen Enkel, musst du wissen. Er heißt Luca. Kennst du ihn?« Angelina schüttelt den Kopf. Sie kennt hier doch keinen. »Na ja«, meint der Mann erneut, »ich werde mal schauen, was er so treibt. Ich hoffe, es geht ihm besser. Er war auf der Fähre, weißt du? Zusammen mit seiner Mama. Gott sei Dank ist ihnen nichts Ernstes passiert.« Dann sieht er Angelina nachdenklich an und sagt: »Ist schlimm, was passiert ist. Wirklich schlimm! Die Fähre, meine ich, und der Sturm. Ja, der Sturm, den haben sie alle unterschätzt. Sie sagen, es habe die Fähre förmlich mitgerissen. Wie aus dem Nichts. Kann mich nicht erinnern, hier so etwas schon erlebt zu haben.« Er starrt in die Ferne, schüttelt ungläubig den Kopf. Dann sieht er wieder zu Angelina. Ob sie zu denen gehöre, will er von ihr wissen. Zu denen, die auf der Fähre waren. Aber Angelina schweigt beharrlich weiter, sieht gar nicht ein, warum sie ihr Schweigen brechen soll.

»Jetzt sollte ich wirklich mal nach Luca sehen«, erklärt der alte Mann. »Ich wünsche dir alles Gute«, sagt er und fischt ein paar Brausetütchen aus einer Ledertasche, die er um seine Schulter trägt. »Du bist zwar schon eine junge Dame, aber vielleicht kannst du trotzdem etwas damit anfangen.« Er legt die Tütchen auf die Bank, bevor er sich umdreht und geht.

Angelina sieht ihm nach. »Danke«, ruft sie da plötzlich. »Vielen Dank!«

46

»Gerne«, ruft er ihr zu, ohne sich noch mal nach ihr umzudrehen. »Immer gerne«, wiederholt er, bevor er um die Ecke biegt.

Etwas verunsichert starrt Angelina auf die Brause. *Das ist lecker.* Sie greift vorsichtig nach einem der Tütchen. *Ich weiß, dass es lecker ist.* Sie reißt es auf, nimmt den kribbelnden Duft in der Nase wahr. Spürt, wie sich der Speichel im Mund sammelt, noch bevor sie probiert. Sie taucht ihren Finger in das Brausepulver und steckt ihn in den Mund. *Sauer.* Sie kippt sich begeistert mehr in den Mund. Und erneut wird sie mit einer leichten Brise beschenkt, die ihr eine beschwingte Abkühlung verschafft. Zum ersten Mal an diesem Ort spürt Angelina eine Art Freude in sich aufkommen. Sie lehnt sich zurück und blickt zum Himmel. *Es wird, es wird schon werden!*

VOR EINEM JAHR AUF NURIA

KAPITEL VII

TOM HIELT WACHE

Sie saßen in Linas Zimmer und blickten begeistert auf die Süßigkeiten, die sie vor sich auf dem Boden aufgetürmt hatten. »Genau so habe ich mir die Ferien vorgestellt«, jubelte Tom und griff gierig nach den Brausetütchen. Angelina sah ihn schuldbewusst an. »Und Clarissa? Meinst du, sie kommt klar?«

»Du wieder«, seufzte Tom. »Sie ist nicht nett, okay? Ich meine das ernst. Ich kann mich nicht erinnern, dass sie jemals nett zu mir gewesen wäre. Also mach dir keine Sorgen um CLARISSA.«

Angelina sah Tom lange und durchdringend an. »Wenn du meinst … was hast du eigentlich deinen Eltern erzählt?«

»Na, dass es um einen Notfall geht – unser Wissenschaftsprojekt für die Schule! Sag bloß, du kannst dich nicht mehr an unser Projekt erinnern?«

»Und das hat deine Mutter geglaubt?«

Tom hielt kurz inne, bevor er die nächste Brausetüte aufriss. Er grinste verwegen. »Wie es scheint … «

Nach dem Sturm war Tom nach Hause gelaufen. Er hatte mit seinen Eltern geredet, hatte seine Sachen gepackt, um bei Angelina übernachten zu können, hatte versprochen, dass er sich ab morgen um seine Cousine kümmern würde. Clarissa hatte er nicht mehr gesehen. Sie war ihm wohl aus dem Weg gegangen und darum war Tom nicht traurig gewesen. Das Abenteuerfieber hatte auch ihn gepackt. Er war

49

stolz, nun Teil der Geschichte zu sein und wollte seinen ganz eigenen Beitrag dazu leisten. Er wollte den Nachtwächter spielen, wollte dabei sein, wenn Lina schlafwandelte, wollte ihr folgen und auf sie aufpassen.

Es war gegen 23 Uhr, als Angelina nicht mehr aufhören konnte zu gähnen. Tom räumte seinen Schlafsack vor die Tür, ebenso seine Kopfhörer und seine Comics. Er hatte vor, die Nacht durchzumachen, wollte sich aber für alle Fälle vor der Tür postieren, damit ihm auch ja nichts entgehen konnte. Oder besser gesagt: damit Angelina ihm nicht entgehen konnte.

Lina legte sich in ihr Bett. »Was glaubst du, wird passieren?«, flüsterte sie ihm zu.

»Schlaf ein und wir werden sehen«, antwortete er. »Ich pass auf dich auf, egal was passiert.«

Diesen Worten konnte Lina nicht widerstehen, und müde, wie sie war, sank sie schnell in einen tiefen Schlaf. Sie schlief friedlich und ruhig, bis etwas sehr Merkwürdiges passierte: Angelina schlug die Augen auf. Da war es plötzlich helllichter Tag. Seelenruhig saß sie da. Sie war am Strand der blauen Bucht.

»Tom«, rief sie laut und schnellte hoch, aber Tom war weit und breit nicht zu sehen. »Papa?«, ungläubig rieb sie sich die Augen. Aber es war tatsächlich ihr Vater, der nur einige Meter von ihr entfernt saß. Er baute an einer Sandburg. Verunsichert runzelte Angelina die Stirn. »Papa, was … was ist los? Was machst du denn da?« Doch keine Reaktion. Er schien so tief in seine Arbeit versunken, dass er keine Notiz von ihr nahm. Egal, wie oft Lina ihn ansprach, er bemerkte nichts. Er bemerkte auch nicht, wie sie kamen. Lautlos hatten sie sich zu ihnen gesellt. Es waren die Delfine.

»Du sollst es üben!«, flüsterten sie. »Steh auf und geh. Geh und ÜBE!«

Angelina wollte rufen: »Da seid ihr ja endlich. Ich habe euch gesucht!« –doch stattdessen stand sie auf wie befohlen.

50

Kein Ton drang aus ihrer Kehle. Und mit der ersten Bewegung begannen ihre Gliedmaßen zu spannen und zu schmerzen, begannen ihre Knochen sich anzufühlen wie ein Bündel gekochte Spaghetti, die mit jedem Schritt in die Länge gezogen wurden.

»Was passiert mit mir?«, rief sie erschrocken.

»Du musst üben!«, flüsterten die Delfine erneut. »Es geht nicht anders. Geh schon!«

Also ging Angelina, ein Schritt nach dem anderen, ohne sich noch einmal umzusehen. Es bestanden nun keine Zweifel mehr. »Ich wachse«, murmelte sie verwirrt vor sich hin. »Ich wachse mit jedem Schritt.«

Es war, als hätte sie eine Zeitmaschine entdeckt, an der sie nur zu kurbeln brauchte. Sie ging und ging, bis sie schon fast die Gestalt einer jungen Frau angenommen hatte, dann erst hörte sie, wie ihr Vater erschrocken rief: »Lina, nicht doch! Wo willst du hin?« Aber Angelina dachte gar nicht mehr daran, kehrtzumachen. Sie blickte an sich hinunter. *Ich bin bestimmt schon 16!*

»Lina!«, erklang wieder die Stimme ihres Vaters. »Lina, es gibt Pfannkuchen«, hörte sie ihn rufen. *Typisch Papa. ICH wachse schnell wie der Wind, und DU denkst an Pfannkuchen.* Aber ihr Vater gab nicht auf. »Li-naaaaa!«, schrie er. »Lina! Lina … seid ihr denn immer noch nicht wach?«

Just öffnete Lina ihre Augen. Wach? Erschrocken setzte sie sich auf. Ja, sie war wach. Aber was war geschehen? Lina befand sich in ihrem Bett, während Tom zusammengesunken vor der Tür lag und wie ein Murmeltier schlief. Und ja, es war ihr Vater, Albert Maginie, der immer noch lautstark nach ihr rief.

»Seid ihr wach? Es gibt Früüüühstüüüüück«, trällerte er bester Laune, während er bereits die Treppe zu ihnen hochstapfte.

51

Mit einem Ruck stand Lina auf und rannte zu Tom. Schnell wollte sie ihn wecken, doch Linas Vater kam ihr leider zuvor. Mit Schwung öffnete er die Tür. *Rumms!* Ein verblüffter Albert Maginie lugte durch den Türspalt, um herauszufinden, was da so schwer die Tür versperrte.

Armer Tom! Er hatte bis tief in die Nacht wach gelegen und sich gegen die Müdigkeit gewehrt. Erst in den frühen Morgenstunden war er eingeschlafen. Als nun die Tür gegen ihn stieß, schreckte er im Nu auf. »Jawoll, alles klar«, krächzte er verwirrt. Albert Maginie stand im Türrahmen und sah Tom bestürzt an. »Ach herrje!«, rief er entgeistert. »Ist alles in Ordnung?«

KAPITEL VIII

WIE PEINLICH WAR DAS DENN?

Ich … ähem, ich muss nachts häufig raus, verstehen Sie?« Es kostete Tom ein wenig Mühe, Angelinas Vater zu besänftigen. »Ich habe zu viel Limo getrunken und … na ja, ist ja nichts passiert!« Albert Maginie war in Linas Zimmer getreten und sah mit einer Mischung aus Mitleid und Fassungslosigkeit auf Toms Nachtlager an der Tür. »Vielleicht solltest du mal zum Arzt gehen«, sagte er nach einer Weile.

»Zum Arzt?«, wiederholte Tom und kniff die Augenbrauen zusammen.

»Na ja«, erklärte Albert Maginie, »wenn du nachts so oft auf die Toilette musst, dass du dich sogar vor die …«

»Ach, so meinen Sie das«, fiel Tom ihm ins Wort. »Ja, sicher, äh, hat meine Mutter auch schon gesagt. Wir … wir wollten noch die Sommerferien abwarten, wissen Sie.«

Angelinas Vater sah Tom ernst an. Er schien nicht überzeugt zu sein, befand aber, dass es besser sei, sich nicht in die Angelegenheiten anderer Leute einzumischen. »Das müsst ihr wissen«, grummelte er, bevor er das Zimmer kopfschüttelnd verließ.

Die Situation war also gerettet und Tom hatte wieder einmal bewiesen, dass er im Flunkern ein wahrer Weltmeister war. Dennoch waren die beiden Freunde unzufrieden, denn bis auf den unglücklichen Vorfall mit Linas Vater war rein

53

gar nichts passiert. Lina war nicht geschlafwandelt und es hatte kein Treffen mit den geheimnisvollen Delfinen gegeben. Was Angelina erlebt hatte, war lediglich ein Traum gewesen. Das stimmte sie seltsam nachdenklich, ließ sie langsam in sich hineinsinken.

Sie gingen in die Küche, setzten sich an den reich gedeckten Tisch. Linas Eltern waren bereits vor Stunden aufgestanden und saßen nun, mit ihren Lieblingsbüchern in den Händen, auf der Sonnenterasse des Hauses.

»Na ja«, sagte Tom, während er sich Ahornsirup über seinen Pfannkuchen goss. »Dann probieren wir es heute Nacht eben noch mal.«

Lina schaute aus dem Fenster, nippte lustlos an ihrem Kakao. »Was probieren wir noch mal?«, fragte sie geistesabwesend, nachdem bereits einige Zeit vergangen war.

Irritiert sah Tom sie an. »Hä? Im Ernst? Wir müssen uns etwas Neues überlegen. Für heute Nacht.« Er schüttelte kurz den Kopf, konzentrierte sich dann wieder auf seine Pfannkuchen.

Lina nippte weiter an ihrem Kakao. Irgendwas hatte sich verändert. Sie hatte plötzlich keine Lust, über die kommende Nacht zu sprechen. Sie hatte auch keine Lust, über singende Delfine nachzudenken. Alles, was sie wusste, war, dass sie seit gestern ein riesiges Theater veranstaltet hatte. Ein nervöses Grummeln durchzog ihre Eingeweide.

»Und wenn das alles Quatsch war?«, brach es jäh aus ihr heraus.

»Was ist denn jetzt los?« Überrascht ließ Tom seine Gabel fallen.

Lina wusste es selbst nicht so genau. Plötzlich schämte sie sich. Sie schämte sich sogar sehr. Was, wenn sie einfach nur durchgedreht war? Was, wenn sie DOCH alles nur geträumt hatte?

»Ich meine«, flüsterte sie leise, »könnte doch sein. Viel-

54

leicht habe ich mir alles nur eingebildet.« Traurig blickte sie zu Boden, traute sich kaum noch, Tom in die Augen zu sehen.

»Aber …« Tom wusste nicht genau, was er sagen sollte. Er verstand, dass Lina enttäuscht war, aber nicht, dass sie alles infrage stellte.

»Wieso, ich meine … aber die nassen Klamotten?«, fiel es ihm stolz ein. »Du weißt schon, das sind handfeste Beweise!«

Lina ließ ihren Kopf noch tiefer sinken und schnaufte. »Vielleicht bin ich ja auch zum Meer gelaufen«, entgegnete sie, »und wer weiß, vielleicht bin ich auch gesprungen … nur …«

»Nur was?«

»Die Delfine«, wisperte sie kaum hörbar, »vielleicht bin ich ihnen NIE begegnet. Vielleicht habe ich das mit ihnen nur geträumt?«

»Das glaub ich nicht!«, stieß Tom hervor.

»Aber wenn es DOCH so ist?« Vorsichtig sah Lina auf. »Dann habe ich dich umsonst da reingezogen. Ich meine, wie peinlich ist das denn?«

Tom rutschte mit seinem Stuhl geräuschvoll zurück. »Hätte – wäre – wenn«, sagte er. »Lass es uns doch noch mal versuchen. Was ist denn schon dabei? Ich meine, keiner hat gesagt, dass es leicht wird mit diesen Delfinen … und, na ja, wer weiß, vielleicht haben die gestern Nacht einfach eine Pause gebraucht und …«

»Hör auf«, murmelte Lina. »Wenn du so darüber redest, hört sich alles noch viel peinlicher an. Vielleicht ist es besser, wenn du gehst.«

»Ich soll gehen?« Tom sah sie entrüstet an.

»Ja«, wiederholte Lina, »deine Cousine wartet auf dich. Du … du solltest sie nicht so lange allein lassen.«

»Klar, meine Cousine«, raunzte Tom und stand ruckartig

auf. »Hauptsache, meiner Cousine geht es gut. So ein Blödsinn!«

Lina zeigte keine Reaktion. Betrübt starrte sie wieder auf den Boden und Tom beschlich das miese Gefühl, dass ihr nun alles egal war. »Dann gehe ich eben zu meiner tollen Cousine«, blökte er, in der Hoffnung, dass Lina protestieren würde. Doch nichts geschah.

»Was ist, wenn du in der kommenden Nacht meine Hilfe brauchst?«, startete er noch einen Versuch. Aber es war vergebens. Lina blieb stur und schwieg.

»Na dann«, seufzte Tom und schlurfte langsam zur Küchentür. »Dann gehe ich jetzt eben. Rufst du mich an, wenn etwas passiert?«

Lina nickte.

»Und treffen wir uns morgen? Vielleicht in Odilos Eisdiele?«

»Ähem«, räusperte sich Lina und blickte schüchtern auf. Sie hatte das Gefühl, im Erdboden versinken zu wollen, aber sie wollte nicht, dass Tom traurig war.

»In der Eisdiele?«, wiederholte sie zaghaft. »Sicher, wieso nicht. Morgen in der Eisdiele ist okay.« Sie rang sich ein versöhnliches Lächeln ab, sodass Tom erleichtert aufatmen konnte.

»Kopf hoch!«, rief er ihr zu, bevor er die Küche verließ.

KAPITEL IX

DER KLOSS

Der Tag hatte sich wie Kaugummi gezogen, hatte sie endlos grübeln lassen und schließlich war sie überzeugt davon gewesen, alles nur geträumt zu haben. Als Lina dann an diesem Abend zu Bett ging, war ihr ganz komisch zumute. Auf der einen Seite hatte sie den Glauben an ihr Abenteuer verloren, auf der anderen Seite gab es noch einen winzigen Teil in ihr, der auf eine weitere Begegnung mit den singenden Delfinen hoffte. Sie wälzte sich eine ganze Zeit in ihrem Bett herum.

Vielleicht passiert ja doch etwas in dieser Nacht. Doch um das herauszufinden, musste Lina erst einmal einschlafen. Und genau das war an diesem Abend das Problem. Aufgewühlt, wie sie war, konnte sie es nicht.

Verflixt und zugenäht! Langsam wurde Lina wütend, nachdem eine weitere Stunde vergangen war. *Als ich unbedingt wach bleiben wollte, bin ich eingeschlafen, und nun, da ich unbedingt einschlafen will, bleibe ich wach!*

Verzweifelt setzte sie sich auf. Ihr war warm und sie hatte Durst. Also stand sie auf, um sich ein Glas Wasser zu holen. Im Haus war alles still. Sie schaute noch kurz bei ihren Eltern vorbei, aber die lagen in ihren Betten und schliefen tief und fest. Lina seufzte. Sie lief zum großen Regal und schnappte sich eines der Bücher. Sie erinnerte sich, dass ihre Mama immer las, wenn sie nicht schlafen konnte. Nachdem sie das Glas Wasser getrunken hatte, kehrte sie zurück in ihr Zimmer. Sie legte sich erneut ins Bett und begann zu lesen.

Das Buch handelte von einer jungen Frau. Ihr Name war Maxine. Und eigentlich war alles an ihr stinknormal. Sie hatte einen Job und lebte mit ihrem Mann und ihrem Hund in einem kleinen, idyllischen Örtchen. Jeden Morgen um 7 Uhr stand sie auf, um sich für die Arbeit fertig zu machen, und dann, eines Tages, ganz einfach so, ohne Vorankündigung, packte sie ihre Reisetasche und verschwand. Sie reiste ans Meer, suchte sich eine neue Wohnung und einen neuen Job. Sie nahm sogar einen neuen Namen an und tat ganz einfach so, als sei sie eine andere …

Angelina verwirrte diese Geschichte so sehr, dass sie nicht mehr aufhören konnte zu lesen. Sie wollte verstehen, was mit dieser Maxine los war. Warum wollte sie unbedingt eine andere sein? Angelina vergaß vollkommen, dass sie hatte einschlafen wollen. Und genau das führte schließlich dazu, dass genau das passierte.

Als Lina am nächsten Morgen aufwachte, hielt sie das Buch noch in ihren Händen. Und nun war sie mehr als betrübt. Denn obwohl sie sich – tief in ihrem Herzen – einen weiteren Hinweis gewünscht hatte, war auch in dieser Nacht nichts passiert. Lina verspürte einen dicken Kloß in ihrem Hals. Sie kannte diesen Kloß gut, denn er tauchte recht häufig auf. Fast immer, wenn sie aufgeregt war oder Angst hatte, aber gerade jetzt ganz einfach, weil sie traurig war.

Ich bin wohl wirklich verrückt geworden. Lina wusste gar nicht mehr, was sie überhaupt noch glauben konnte. Missmutig zog sie die Decke über ihren Kopf. Was würde Tom sagen?

In diesem Augenblick klopfte es an der Tür und Linas Mutter trat vorsichtig ein. »Angelina?«, rief Ava Maginie fragend, da sie zunächst niemanden sah. Aber dann hatte sie ihre Tochter auch schon entdeckt. Zusammengerollt wie

58

ein Maulwurf lag sie unter der Bettdecke und gab keinen Mucks von sich. Sachte setzte sie sich auf die Bettkante. »Angelina?«, fragte sie vorsichtig. »Ist alles in Ordnung?«

Als Angelina die liebevolle Stimme ihrer Mutter hörte, wurde der Kloß in ihrem Hals nur noch dicker, und sie spürte, wie sich ihre Augen mit Tränen füllten. Schnell hatte sie sich von der Decke befreit, unter der ihr schon längst zu heiß geworden war. »Ich habe mich total dumm verhalten!«, platzte es unter Tränen aus ihr heraus, während sie sich schnell in die Arme ihrer Mutter rettete. »Peinlich und dumm!«

Linas Mutter wäre nicht Linas Mutter, wenn sie nicht sofort verstanden hätte, dass ihre Tochter nun ganz viel Trost brauchte. Fest hielt sie Lina in ihren Armen, sodass sie sich in Ruhe ausweinen konnte. »Ich bin ja da«, flüsterte sie immer wieder. »Ich bin ja da.«

Eine ganze Weile saßen die beiden auf Linas Bett. Einfach so, ohne, dass sie viel geredet hätten. Nach einer Zeit allerdings spürte Angelina, wie der dicke Kloß in ihrem Hals immer kleiner wurde, bis er dann tatsächlich und vollständig verschwunden war.

»Jetzt geht es schon besser«, sagte sie erleichtert. Linas Mutter lächelte. »Das ist schön«, antwortete sie. »Möchtest du mir denn verraten, was passiert ist?«

Natürlich konnte Lina über alles mit ihren Eltern reden. Aber dieses Mal war es etwas anderes. Sie war doch so stolz gewesen auf ihr geheimes Abenteuer. Und auch wenn sie gerade nicht wusste, wie die Geschichte weitergehen sollte – es war immer noch ihr Geheimnis und sie wollte es nicht aufgeben.

»Nein, Mama«, erklärte sie daher. »Das … ist nicht nötig. Wenn ich mich nur nicht so schämen würde …«

60

»Hm«, überlegte Linas Mutter. »Hast du jemanden beleidigt?«

Angelina schüttelte verwirrt ihren Kopf. »Nein!«

»Und hast du jemanden verletzt? Hast du jemandem wehgetan?«

Schockiert sah Lina ihre Mutter an. »Nein, natürlich nicht.«

»Ist irgendjemand zu Schaden gekommen?«

»N-n-nein«, stammelte Lina, »auch das nicht.«

»Dann ist es nicht so schlimm«, stellte Ava Maginie kurz und knapp fest. »Also, was willst du heute machen?« Auffordernd sah sie ihre Tochter an.

»Ähem«, überlegte Lina ein wenig verdutzt. »Also, Tom wollte …«

»Prima, das hört sich gut an!« Ava Maginie war aufgestanden, um die Fenster sperrangelweit zu öffnen.

»Aber Mama«, rief Lina erneut.

»Jaaaaa?«

»Ich habe dir gerade erzählt, dass ich mich dumm und peinlich verhalten habe und du findest, ich soll … ?«

»Ganz genau. Die Dinge werden sich schon fügen, Liebes. Wenn du mal nicht weiterweißt – dann mach einfach eine Pause.«

»Eine Pause«, wiederholte Lina dumpf.

»Eine wunderbare Pause zum Entspannen, und du wirst sehen, danach denkt es sich wieder klar und ruhig«, trällerte Ava Maginie und strahlte ihre Tochter aufmunternd an. »Und jetzt …«, rief sie und packte sich ein Kissen, das sie ihrer Tochter liebevoll an den Kopf warf. »STEH ENDLICH AUF!«

Also stand Lina auf. Sie griff zum Telefon, um sich mit Tom zu verabreden. Obwohl nichts weiter passiert war, spürte Lina wieder ein Fünkchen Hoffnung in sich. Und das war auch gut so. Sie konnte ja nicht ahnen, dass sich die Ereignisse an diesem Tag noch überschlagen sollten, dass sie im Grunde kurz davorstand, das Rätsel zu lösen, und dass sie, Angelina Maginie, kein bisschen verrückt geworden war!

FLASHFORWARD IV

DER ALTE MANN

Gleich kommt Toni. Angelina sieht sich im Park nach ihm um. Sie sitzt wieder auf ihrer Bank. Toni ist der freundliche Mann mit den Brausetütchen. Toni besucht sie mittlerweile jeden Tag gegen 15 Uhr, kurz bevor er zu seinem Enkel und zu seiner Tochter geht.

Toni ist nett. Wenigstens einer, der mich nicht immer so blöd löchern muss.

Und es stimmt, in den letzten Tagen hat Toni eher von sich erzählt, von seinem Leben auf der Insel, wie er damals nach Nuria kam und von seiner früheren Arbeit als Fischer. Aber vor allem erzählte er von seiner Familie, von seinem Enkel Luca, während Angelina nur dasaß und ihm lauschte, wie einem Märchenerzähler.

Und dann ist Toni da, begrüßt sie mit seinen strahlenden, fröhlichen Augen. Ist so, wie er immer ist. Plaudert einfach drauf los, erzählt von seinem Tag. Wie er einkaufen war, und dass es heutzutage alle immer so eilig hätten.

»Es war fürchterlich«, sagt er dann überraschend nach einer ganzen Weile.

»Was?« Angelina sieht ihn neugierig an. »Was war fürchterlich?«

»Na ja, der Tag, an dem die Fähre verunglückt ist. Nachdem das Unwetter sich gelegt hatte, bin ich zum Strand gelaufen. Ich wusste ja, dass Silvie und Luca kommen wollten. Da habe ich es gesehen, das ganze Elend. Die Menschen, die Körper, sie lagen einfach so am Strand. Normalerweise ist das doch ein schöner Ort, weißt du? Die Menschen verbringen dort eine gute Zeit und dann passiert so etwas und aus einem guten Ort wird ein schlechter.«

Angelina atmet nervös. Sie ist sich nicht sicher, ob sie das hören möchte. Aber sie will auch nicht unhöflich sein und Toni unterbrechen. Toni scheint mit seinen Gedanken meilenweit weg zu sein. Er starrt in die Ferne, so wie er es immer tut, wenn er sich erinnern will. »Ich habe sofort geholfen«, sagt er dann. »Was hätte ich auch anderes tun sollen? Ja, die Rettungskräfte waren schon da, aber das waren zu wenige. Ich habe mich ins Wasser gestürzt. Ich hatte große Angst. Ich hatte Angst, dass ICH sie finden würde, leblos im Wasser treibend.« Dann schüttelt er sich. »Aber so war es ja nicht«, sagt er plötzlich laut, als wolle er sich selbst aus einer Art Trance zurückholen. »Und du? DU hast es auch geschafft und das ist wirklich wunderbar!«

Angelina schluckt. »Dann bist du sehr mutig«, sagt sie, »wenn du dich einfach so ins Wasser gestürzt hast, um andere zu retten.«

»Findest du?«, erwidert Toni. »Ich glaube eher, dass ich keine andere Wahl hatte. Du hättest ebenso gehandelt, da bin ich mir sicher.«

Angelina verfällt in ein tiefes Schweigen. Ein seltsames Gefühl ergreift sie, ein fremder Impuls, der sich kurz aufbäumt und dann wieder verschwindet. Dann nichts als Leere. Ein schweres Gefühl, wie ein nichtssagendes Rauschen in ihrem Kopf. Jetzt ist sie es, die in die Ferne starrt, in ein weites Nichts, ohne Zeitgefühl. So könnte sie ewig hier sitzen. Einfach so.

»Ach, herrje«, reißt Toni sie aus ihrem Off. »Jetzt habe ich wieder die Zeit vergessen. Ich muss zu Luca. Er wird bald entlassen, musst du wissen.«

»Oh«, murmelt Angelina. »Das … das ist gut, oder nicht?«

»Ja, ja«, Toni lacht. Er scheint wieder bester Laune zu sein. »Das ist ganz fabelhaft. Ich plane schon eine Überra-

64

schungsparty, mit vielen Luftballons und Geschenken. Da wird er Augen machen, sag ich dir!« Er steht geschäftig auf, beginnt in den zahlreichen Tüten zu wühlen, die er an diesem Tag dabeihat.

»Hier«, sagt er und überreicht ihr eine davon. »Ich wusste natürlich nicht deine Größe, aber eine gute Freundin hat mir geholfen. Sie hat drei Töchter großgezogen, musst du wissen.«

Angelina schaut in die Tüte. Da sind Kleider, bunte Sommerkleider. Sie riechen neu und frisch. »Für mich?«, fragt sie ungläubig.

»Na, für wen sonst? Gefallen sie dir?«

»Sie sind sehr schön. Wirklich, Toni, ich weiß gar nicht, was ich sagen soll.«

»Dann sag einfach nichts«, meint Toni. »Ich freue mich, wenn du dich freust!«

Angelina starrt immer noch auf die leuchtenden Stoffe. Seit Tagen läuft sie nun in den abgetragenen Sachen rum, die ihr die Schwestern gegeben haben. Und plötzlich fühlt sie sich traurig. *Ob ich wohl ewig hierbleiben werde, während alle anderen entlassen werden?*

»Danke, Toni«, murmelt sie. »Machs gut. Viel Spaß mit Luca.«

»Ich komme morgen wieder«, antwortet er. »Ach, und wer weiß? Vielleicht erlauben sie dir ja, auch auf die Party zu kommen? Ich meine, nur, wenn es sich einrichten lässt.«

Angelina sieht ihn erstaunt an. »Und du meinst, das geht?«

»Wieso nicht? Fragen kostet nichts, oder? Soll ich mich darum kümmern?«

Angelina nickt. Sie nickt und lächelt. »Ja«, ruft sie, »gerne, ich würde gerne mitkommen.«

Sie verabschieden sich herzlich. Von Traurigkeit keine Spur mehr.

Toni ist nett, wirklich nett!

65

VOR EINEM JAHR AUF NURIA

KAPITEL X

DAS TURBULENTE EISESSEN

An diesem Tag trübte kein Wölkchen den Himmel, kein Gewitter bahnte sich an. Als Lina im Café ankam, saß Tom bereits an einem der bunten Bistrotische. Er war umgeben von plappernden und lachenden Familien. Freudig winkte er sie zu sich. »Da bist du ja endlich!«, platzte es aus ihm heraus. Ein wenig verhalten setzte Lina sich zu ihm. Schließlich hatte sie keine bahnbrechenden Neuigkeiten von der letzten Nacht zu berichten, aber Tom schien das nicht zu stören. Er hatte viele, neue Ideen und war begierig darauf, sie mit Angelina zu teilen.

»Also«, erklärte er, nachdem sie sich riesige Eisbecher bestellt hatten. »Ich habe mir gedacht, also, was hältst du davon, wenn wir heute Nacht in der blauen Bucht zelten?«

»Na ja«, antwortete sie, »solange ich nicht wieder von den Klippen springen muss.« Toms Begeisterung wich aus seinem Gesicht. Er räusperte sich, schenkte ihr ein verlegenes Lächeln, sodass Lina ahnte, was ihr bevorstand. »Nicht dein Ernst, oder? Du willst, dass ich nachts von den Klippen springe, und zwar freiwillig?«, rief sie entgeistert.

»Hör mir bitte erst mal zu«, warf er ein, als Lina vor Entrüstung zu schnauben begonnen hatte. Doch dann dröhnte eine schrille Stimme zu ihnen hinüber und Tom wurde just in seinen Erklärungen unterbrochen.

»Ist ja ein tolles Schulprojekt – Eis essen! Ooooh, ich wusste ja gar nicht, dass Wissenschaft so viel Spaß machen kann!«

Erschrocken blickten Tom und Lina auf. Es war keine andere als Clarissa, die sich mit verschränkten Armen vor ihnen aufgebaut hatte.

»Du bist mir gefolgt?«, raunzte Tom ihr entgegen, während sich bei Lina sofort Gewissensbisse breitmachten. Sie hätten Clarissa nicht schon wieder allein lassen sollen. In ihrer Not fiel ihr nichts Besseres ein, als hektisch aufzuspringen. Sie wollte die beiden allein lassen, in der Hoffnung, dass Clarissa dann eher mit sich reden lassen würde. Doch genau in dem Augenblick, als sie aufsprang, kreuzte Odilo, der Eiscafébesitzer, ihren Weg. Er wollte das Eis servieren, die riesigen Eisbecher mit Sahne und Schokoladensoße obendrauf, und schon war die Katastrophe perfekt. Lina sprang ihm rücklings in die Arme und alles, was man noch hören konnte, war ein ohrenbetäubendes Scheppern. *Peng, klirr, knirsch* – das Glas der Eisbecher verteilte sich explosionsartig über den Boden. Für einen kurzen Moment herrschte Stille, denn auch alle anderen Gäste in dem Café hielten erschrocken inne. Dann hallte ein ebenso gehässiges wie spitzes Lachen durch den Raum. Clarissa kicherte begeistert und es war, als hätte sie den größten Spaß ihres Lebens.

»Es tut mir leid«, rief Lina in ihrer Verzweiflung. »Es tut mir so leid!«

Odilo war nicht gerade für seine verständnisvolle Art bekannt. Er war eher von der ruppigen Sorte, ständig schlecht gelaunt.

»Das machst du alles wieder sauber!«, schrie er wutentbrannt.

»Ich … ähem … äh«, stotterte Lina und war den Tränen nahe.

»WIR machen es wieder sauber«, rief Tom und schob die gackernde Clarissa energisch beiseite.

68

Nachdem sie sich mit allerlei Putzzeug ausgestattet hatten, kehrte langsam Ruhe unter den anderen Gästen ein. Wortlos begannen Tom und Lina, die Scherben wegzukehren, den Boden zu wischen und alles in einem Mülleimer zu deponieren. Auch Clarissa hatte sich beruhigt. Sie hatte sich in der Zwischenzeit an der Theke ein Eis gekauft. Vergnügt stand sie am Rand und beobachtete mit gehässiger Zufriedenheit, wie Tom und Lina sich beim Putzen abmühten.

»Da, da ist noch Schokosauce«, rief sie ihnen zwischendurch zu. »Unter dem Tisch musst du noch mal gründlich schrubben.« Tom und Lina versuchten, sie nicht zu beachten. Sie wollten so schnell wie möglich fertig werden und das Eiscafé verlassen.

»Eine wunderbare Pause zum Entspannen. Wenn das Mama sehen könnte«, flüsterte Lina bitter vor sich hin.

Es dauerte eine ganze Weile, bis sie die Schweinerei beseitigt hatten, doch schließlich hatten sie es geschafft. Der Boden blitzte, war sogar sauberer als zuvor. Gerade wollten sie die Putzeimer nach hinten bringen, als Clarissa eine bitterböse Eingebung zu haben schien. »Stopp, junge Dame, warte mal«, rief sie und stolzierte auf Lina zu. »Du hast da noch etwas vergessen – hier.« Verlogen zeigte sie auf Linas T-Shirt und als Lina ihren Blick verwundert senkte, nahm Clarissa ihr Eis und matschte es ihr genüsslich ins Gesicht.

»Uuuups, sorry. Tut mir ja sooooo leid«, zischte sie leise.

»Verdammt, das war Absicht, du blöde Kuh.« Wie von Sinnen stürmte Tom auf seine Cousine zu und schubste sie zurück.

»Und du hast absichtlich gelogen«, bellte Clarissa ihn an und schubste ihn ebenfalls. Bei der kleinen Rangelei gerieten Tische und Stühle ins Wanken. Lina hatte das Gefühl, keine Luft mehr zu bekommen. Schwach ließ sie sich abseits auf einen der Stühle sinken.

Zwischen Tom und Clarissa war indessen ein heftiger

Streit entbrannt. Tom war fassungslos, denn so gemein hatte er Clarissa noch nie erlebt. Es fielen einige sehr unschöne Worte. Nach Toms Ansicht war Clarissa eine hinterhältige Ziege, die mit niemandem gut auskommen konnte. Clarissa bezeichnete Tom als faulen Lügner, der ihr nur die Sommerferien verderben wollte. Daraufhin entgegnete Tom, dass er nie wieder mit Clarissa sprechen werde, und Clarissa konterte, dass er für seine Lügen sowieso für den Rest der Ferien Hausarrest bekommen werde. Aber dann hörten sie völlig unerwartet Angelinas Stimme.

»So wird dich nie einer mögen, so wirst du immer allein bleiben und keine echten Freunde finden«, sagte Lina.

»Hä?« Clarissa drehte sich verwirrt zu Lina um.

»Was redest du da für Zeug?«

»Du bist traurig, weil Tom nichts mit dir unternimmt, weil so viele nichts mit dir unternehmen wollen, nicht wahr?«

Entgeistert sah Clarissa sie an. Ein wenig wirkte es so, als ob sich ihre Augen mit Tränen füllten. »Völliger Blödsinn«, keifte sie. »Ich will GAR NICHTS mit euch Kleinkindern zu tun haben, ich lasse mich nur nicht gern verarschen, verstanden?!«

»Ganz wie du meinst«, meldete sich Tom zu Wort. »Dann kannst du ja gehen. Geh und verpetze mich bei meiner Mutter, na los! Darauf wartest du doch, oder nicht?«

Clarissas Oberlippe bebte. Kurz hielt sie Inne, als ob sie etwas entgegnen wollte, doch stattdessen verließ sie fluchtartig das Café.

»Lauf ihr hinterher«, murmelte Lina.

»Bist du irre? Nie im Leben!"

»Bitte", flüsterte sie, »tu es für mich.«

Er hatte gerade das Café verlassen, als Angelina Odilos festen Griff um ihren Arm spürte. »Mitkommen!«, zischte er wütend.

70

KAPITEL XI

HINTER DER THEKE

Sie gingen in einen kleinen Raum hinter der Theke, der wie eine Art Abstellkammer aussah. »Erst Chaos veranstalten, dann einfach abhauen«, schnauzte Odilo.

»Ich wollte nicht abhauen«, erwiderte Angelina. »Und das mit dem Chaos tut mir leid. Ernsthaft, das war keine Absicht.«

»Ach, es tut dir leid? Und du glaubst, damit ist es erledigt?«

Angelina sah ihn verunsichert an. »Äh, wieso? Was meinen Sie?«

»Du musst bezahlen, was denkst denn du«, erklärte er.

»Ich … ich wollte ja gerade bezahlen«, erwiderte Angelina. »Was kriegen Sie denn?«

»Zwei große Eisbecher, eine Waffel mit zwei Kugeln«, rechnete er ihr vor. »Das macht schon mal 15 Euro.«

»So viel?«, rutschte es Angelina heraus.

»Nein.« Odilo grinste gemein. »Da kommen noch die kaputten Glasbecher hinzu, das macht dann schon 45 Euro .«

Angelina wurde langsam nervös und ihr war schlecht vor Aufregung. Am liebsten wäre sie sofort nach Hause gelaufen. »Kann ich vielleicht …«, setzte sie an.

»Und dann noch die Gäste, die du mir durch das Chaos vertrieben hast. Da sind mir mindestens noch mal 50 Euro durch die Lappen gegangen«, unterbrach Odilo sie.

Angelina schwieg. Sie war durcheinander und wusste nicht, was sie sagen sollte. »Das … das sind 95 Euro«, stammelte sie.

»Oh, das Gör kann rechnen«, bemerkte Odilo gereizt.

»Ich … ich habe keine 95 Euro.«

»Hast du nicht? Tja, das hättest du dir vor dem ganzen Schlammassel überlegen sollen«, erwiderte Odilo scharf.

»Es war doch aber keine Absicht«, murmelte Lina erneut. »Bitte, ich … die anderen haben doch …«

»Die anderen sind nicht hier! Du hast also keine 95 Euro?«

»Nein.«

»Dann gib mir das, was du hast!«

Angelina blickte verstört zu Boden. Sie hatte wieder diesen Kloß im Hals, der ihr fast die Kehle zuschnürte.

»Sag mal, bist du taub?«

Das fühlt sich nicht richtig an. Das fühlt sich alles nicht richtig an.

»Na, komm, gib mir deine Geldbörse«, befahl Odilo.

Angelina wollte antworten. Sie wollte sagen: »Nein, lassen Sie mich zu meinen Eltern. Klären Sie diese Angelegenheit doch mit ihnen …« Doch irgendwie hatte sie ihre Sprache verloren.

Odilo sah sie wütend an. »Na schön«, brummte er, »dann nehme ich sie mir selbst!«

Erschrocken blickte Angelina auf, sah, wie seine dicken Pranken nach ihr griffen. »Nein«, sagte sie mit erstickter Stimme. »Nein«, flüsterte sie, den Tränen nahe, als er mit seiner Hand in ihre Hosentasche griff. Damit hatte sie nicht gerechnet. Wie hätte sie auch?

Es soll aufhören! Ihr Herz klopfte wie wild. *Ich will weg! Ich will weg von hier!* Plötzlich fing die Welt um sie herum an, sich zu drehen. Immer weiter. Lina hatte ein überwältigender Schwindel ereilt. Sie schwankte und taumelte, bekam nicht mehr mit, wie Tom in den Raum gestürmt kam. Er, der nämlich auf halbem Weg kehrt gemacht hatte. Er, der plötzlich so ein Gefühl gehabt hatte, ein mieses Gefühl, und dann

72

hatte er sich beeilt, war durch die Mittagshitze gerannt, um nach Angelina zu sehen, war durch das Café und schließlich hinter die Theke gestürmt.

Oh nein. Jetzt falle ich auch noch in Ohnmacht!

Und Lina fiel – doch sie fiel nicht in Ohnmacht. Es war, als ob sie in eine unendliche Tiefe stürzen würde. Sie fiel, und im Nu wurde sie gehalten, ganz wie von Geisterhand. Sie wurde sanft zu Boden gebettet und hatte doch das Gefühl, ins Bodenlose zu fallen.

KAPITEL XII

JETZT UND HIER

Es bebte und rumorte, es rauschte und stürmte, es zitterte und wackelte. Lina hatte das Gefühl, sich am Boden festklammern zu müssen. Ging die Welt nun tatsächlich unter? Sie traute sich nicht, aufzublicken. Doch dann verflüchtigte sich das Beben und eine unnatürliche Ruhe breitete sich aus. Das Einzige, was Angelina noch vernahm, war … Angelina spitzte die Ohren, den Blick starr auf den Boden gerichtet. War das ein Blubbern, was sie da hörte? Oder eher ein sanftes Plätschern? Vorsichtig sah sie auf.

Sie war nicht nur aus dem Moment gefallen, der ihr so viele Probleme bereitet hatte. Sie war mitgerissen worden in eine andere Welt, obwohl sie DIESE Welt nicht verlassen hatte. Angelina stand keuchend auf. Staunend und verzaubert zugleich sah sie sich um.

Der gesamte Raum war umgeben von schimmerndem Blau, samtig-sanft eingehüllt von einer magischen Wasserspirale. Das Wasser hatte sich auf bombastische Weise aufgetürmt und hielt Angelina, samt dem Fleckchen Erde, auf dem sie sich befand, umschlossen. Der Boden unter ihren Füßen hatte sich vollständig beruhigt, es schwankte nichts, es vibrierte nichts. Nur das Wasser zirkulierte ungewöhnlich langsam, rotierte schützend um Angelinas Achse.

Sie stand im Zentrum. Sie war der Mittelpunkt. Angelina hatte eine klare Sicht auf alles, was sich innerhalb des Wassers abspielte. Und das, was sie sehen konnte, war schön und mysteriös zugleich.

Sie war noch immer im Eiscafé, doch Odilo erschien wie … es war seltsam. Er stand da wie eingefroren, gefangen im Augenblick, so als hätte jemand auf Pause gedrückt. Auch Tom stand regungslos da. Angelina konnte ihm an der Nasenspitze ansehen, wie besorgt er in diesem Moment gewesen sein musste, als er zur Tür hereingestürmt war.

Die beiden wurden wie auf zauberhafte Weise von dem Wasser umspült, während Angelina sich als Einzige im wahrsten Sinne des Wortes auf dem Trockenen befand. Gleißend warme Lichtschimmer glitten tanzend durch das Wasser, zauberten bunte Lichtspiele hervor und erinnerten an Polarlichter. Angelina war mittendrin, und jetzt, nachdem sie aus dem quälenden Moment mit Odilo befreit worden war, fiel eine zentnerschwere Last von ihr ab.

»Halloooo?«, rief sie zaghaft. Doch sie hörte nichts als das sanfte Geplätscher des Wasserstrudels. Neugierig ging sie auf das Wasser zu, sah sich weiter um. Und mit jedem Schritt wich das Wasser von ihr, als würde es ihr Platz machen. Als wäre es ihr hörig, sodass es jede ihrer Bewegungen abwartete, um sich dieser anzupassen. Nein, Angelina verspürte keine Angst. Jetzt nicht mehr. Sie sah sich um, ging weiter und verließ den Raum hinter der Theke. Sie lugte ins Café, hielt erstaunt die Luft an, als sie all die anderen Menschen sah. Da waren all die Familien, die Gäste, die wie erstarrt an den Bistrotischen saßen. Sie alle schienen nicht zu bemerken, was mit ihnen geschah. Besorgt zog es sie wieder zurück. Sie musste zu Tom, musste wissen, was mit ihm passierte. Und als sie ihn da so stehen sah, so starr und ahnungslos, wurde ihr ganz eng ums Herz. »Tom?«, rief sie. »Tom, kannst du mich hören?«

»Es geht ihm gut«, hörte sie plötzlich eine freundliche Stimme. Da waren sie endlich – geschmeidig tänzelten sie durch den Strudel. Die singenden Delfine.

76

Als Angelina sich nach der Stimme umdrehte, machte ihr Herz einen Hüpfer. Einer der Delfine spähte durch die Wasserfront, als würde er aus einem Fenster schauen. Er sah ihr direkt in die Augen. In Angelinas Kopf hämmerte es vor Aufregung. Viel zu viele Gedanken drängten darauf, ausgesprochen zu werden. Zu viele Eindrücke und zu viele Fragen. Wie sollte sie da einen Anfang finden? Sachte ging sie auf den Delfin zu, bis sie ganz dicht vor ihm stand. Er war atemberaubend schön.

»Mach dir keine Sorgen«, flüsterte der Delfin. »Es ist für Tom so, als würde er schlafen. Er wird sich später an nichts erinnern.«

»Warum? Warum passiert das alles?«, wisperte sie ihm zu.

Und die Delfine sprachen zu ihr, wie sie schon einmal zu ihr gesprochen hatten. Sie formierten sich, bereiteten sich vor auf ihre zauberhafte Darbietung. Waren entschlossen, Angelinas Frage zu beantworten, und zwar ganz auf ihre eigene Art und Weise. Sie sangen ihr ganz einfach ein Lied:

Bist im Jetzt und bist im Hier,
die Zeit steht still, wir sind bei dir,
die Gedanken sind ja dein,
du hast die Kraft, so soll es sein!
Hast den Schutz heraufbeschworen,
diesen Ort hier auserkoren!
Um sorglos in die Welt zu sehen,
und augenblicklich kannst du gehen!
Gehst zurück, machst hier nur Rast,
ganz ohne Angst, ganz ohne Hast!

Angelina achtete auf jedes Wort, lauschte dem Gesang, war aufmerksam und konzentriert. Die Zeit stand also still? Und sie war hier, in einem geheimen Versteck? In einer Art

Schlupfloch der Zeit? Angelina schüttelte ungläubig den Kopf. »Ich bin verrückt geworden, total verrückt«, sprach sie leise.

»Nein«, bemerkte der eine Delfin, der eine Art Anführer zu sein schien. »Du bist nicht verrückt – du hast ein Wissen, eine Gabe. Du MUSST lernen, sie zu nutzen!«

»Eine Gabe?« Angelina runzelte die Stirn.

Und alle miteinander reckten die Delfine ihre Köpfe aus dem Wasserstrudel und riefen: »Du musst ÜBEN!«

Angelina überlegte. Eine Gabe, hatten sie gesagt. Was sollte dies bedeuten? Dass sie mit ihrer Ohnmacht die Zeit anhalten konnte? Dass sie sich in eine geheime Wasserwelt flüchten konnte, umgeben von singenden Delfinen?

»Du musst lernen!«, riefen die Delfine wie auf Kommando.

Ein bisschen viel MUSS. Angelina war leicht betrübt. Dann fiel ihr Blick wieder auf Tom und verschämt stellte sie fest, dass sie ihre Sorge um ihn ganz vergessen hatte. Erneut lief sie zu der Stelle, an der er im Wasser verweilte.

»Und Tom?«, rief sie nervös. »Werde ich mein Geheimnis mit ihm teilen können? Darf er bei mir sein?«

Und keiner wird es je ergründen,
es sei denn, DU willst Zeugen finden,
dann lad sie ein, doch schau gut hin,
sonst macht dein Schutz nur wenig Sinn,
wir wachen sicher, bleiben hier,
heimlich-still, es ist an dir!

Angelinas Herz begann wild zu pochen. Denn diese Botschaft hatte sie sofort verstanden. Es war also möglich: Tom würde all das sehen können. Er würde ihr Zeuge sein können, zumindest, wenn sie es wollte. Und dass sie es wollte, war keine Frage.

»Ich werde nicht jeden hier reinlassen«, murmelte sie, während sie unruhig auf und ab lief. »Das würde ich nie und nimmer wollen, aber Tom …« Vorsichtig schritt sie wieder in seine Richtung und beobachtete, wie er unwissend in seiner Position verharrte. »Tom ist mein bester Freund und ich vertraue ihm. Er hat es verdient, das alles zu sehen!« Sie atmete nervös durch. »Ich will, dass er bei mir ist. Ich will es UN-BE-DINGT!«

Und indem Angelina diese Worte sprach, tauchten die Delfine wie auf Kommando ab.

»Hey«, rief Angelina verwirrt. »Was … was ist los? Wo wollt ihr hin?«

Die Delfine machten keinerlei Anstalten mehr, ihr zu antworten. Sie schienen einer eigenen Ordnung zu gehorchen, einer höheren Gesetzmäßigkeit. Sie tauchten ab, doch ließen sie Angelina nicht allein. In konzentrischen Kreisen schwammen sie um sie herum, beobachteten sie wie stille Leibwächter.

Und in eben jenem Moment, als Angelina sich fragte, warum die Delfine so blitzartig abgetaucht waren, spürte sie eine Hand auf ihrer Schulter. Es hatte etwas Gespenstisches an sich und trotzdem fühlte es sich vertraut und gut an. »Tom«, flüsterte Angelina und drehte sich zu ihm um.

FLASHFORWARD V

KOMM MIT MIR

Nein, ähem, es geht nicht. Du kannst nicht auf unsere Feier. Es geht wirklich nicht.« Toni sieht sie traurig an. Sie sitzen wie jeden Tag auf ihrer Bank im Park. »Es tut mir leid«, erklärt Toni, »das war dumm von mir. Ich hätte nicht mit der Idee kommen sollen. Jetzt bist du enttäuscht.«

»Was haben sie denn gesagt?«, will Angelina wissen.

»Dass du in deiner Situation nicht einfach so kommen und gehen kannst wie du willst. Und dass ich es hätte besser wissen müssen, und da haben sie natürlich recht.«

»Das haben sie gesagt? Bin ich hier denn eingesperrt?«

»Was?« Toni räuspert sich nervös. »Nein, nicht doch, aber, was soll ich sagen? Deine Situation ist kompliziert.«

Da hast du wohl recht, meine Situation ist beschissen kompliziert! Doch ihre Gedanken spricht sie nicht aus.

»Hast du mal überlegt, was passiert, wenn sie nicht herausfinden, wer du bist?«, fragt Toni. »Wenn DU nicht herausfindest, wer du bist?«

Verwundert zieht Angelina die Brauen zusammen. »Wie meinst du das?«

»Na ja, hast du dich das nie gefragt?«

Angelina schaut auf den sandigen Boden. Sie fragt sich, warum sie in der prallen Sonne sitzen, gerade heute, wo es doch so heiß ist.

»Das wird schon irgendwie«, antwortet sie, »das wird sich alles fügen.«

»Dein Optimismus in allen Ehren«, meint Toni, »aber was, wenn nicht?«

Aber darauf hat Angelina keine Antwort. Sie weiß es nicht und sie hat auch nicht darüber nachgedacht.

Die letzten Tage waren so seltsam schnell und gleichzeitig langsam vergangen und alles hatte sich wie im Traum angefühlt. Das Erwachen, der Schmerz, die anderen Verletzten und die sich ständig wiederholenden Fragen nach ihrer Geschichte, nach ihrer Identität.

Angelina sieht Toni ängstlich an. Sie verspürt ein nervöses Grummeln in ihrer Magengrube.

»Was wird denn passieren, wenn sie es nicht herausfinden? Wenn ich es nicht herausfinde?«

Toni seufzt. Er sieht ernst aus. Ganz anders als sonst. »Na ja«, murmelt er, »es gibt da so ein Heim auf der Insel. Schließlich musst du auch irgendwann einmal wieder in die Schule.«

»Und wenn ich das nicht will? Ich bin doch kein kleines Kind mehr. Ist es denn gar nicht wichtig, was ich will?«

»Weißt du denn, was du willst?«, fragt Toni.

Angelina streicht ihr mittlerweile durchgeschwitztes Kleid zurecht. »Nein«, sagt sie, das heißt, ich weiß es NOCH nicht.«

Toni nickt. »Das verstehe ich«, sagt er. Sie sitzen eine ganze Weile still nebeneinander, blicken angestrengt in die sengende Hitze.

»Und wenn du einfach mit zu mir kommst?«, fragt Toni plötzlich. »Wie?« Angelina schaut verwundert auf. »Wie meinst du das?«

»Na ja, ich habe doch Platz genug und du bist ein nettes Mädchen. Du würdest dich bestimmt gut mit dem Rest der Familie verstehen, weißt du? Ich könnte für dich sorgen. Das wäre kein Problem.«

Angelina wird plötzlich speiübel. Sie steht auf, um sich an ein schattiges Fleckchen unter einer Palme zu flüchten. »Ich weiß nicht«, sagt sie und ringt mit einem großen

82

Durcheinander in ihrem Kopf. »Ich weiß nicht, was ich sagen soll.«

Toni scheint verwundert. Sein Blick ist weiterhin ernst. *Warum ist er heute nur so ernst?*

»Denk darüber nach. Du bist in einer sehr schlimmen Situation. Keiner weiß, zu wem du gehörst. Für die Behörden bist du ein Niemand. Du hast kein Geld, gar nichts. Bald werden sie dich aus dem Krankenhaus entlassen müssen, und dann? Dann bist du nur eine Last für das System.«

Angelina wendet sich verstört von Toni ab. *Ein Niemand soll ich sein? Eine Last für das System? Das ist nicht nett. Warum ist er heute so?*

»Ich weiß, die Wahrheit ist hart«, erklärt Toni in flüsterndem Ton. »Aber so ist es nun mal, und was würde es dir bringen, wenn ich nicht offen zu dir sein würde? Schließlich sind wir Freunde und da sollten wir offen und ehrlich zueinander sein, nicht wahr?«

»Ja«, antwortet sie mühsam, während sie mit den Tränen kämpft.

»Freust du dich denn gar nicht über mein Angebot?«

Angelina mag sich gar nicht umdrehen, mag Toni nicht in die Augen sehen. Sie fühlt sich schlecht. Hat den Eindruck, dass es nur eine Antwort geben darf, dass er böse wird, wenn sie sagen würde, dass er zwar nett gewesen wäre und sie ihm auch dankbar sei, aber bei ihm wohnen, bei einem fremden Mann, das würde sie wirklich nicht wollen.

»Doch«, antwortet sie, »ich, ich bin nur müde. Ich muss mich ausruhen.«

»Oh, natürlich«, erwidert Toni. »Luca erwartet mich schon, aber morgen komme ich wieder. Da kannst du mir sagen, wie du dich entschieden hast.«

»Morgen?« Angelina dreht sich zu ihm um, blickt Toni in die Augen. Sie ist überrascht. Da ist eine Strenge in seinem Gesicht, die ihr vorher noch nie aufgefallen ist.

»Na klar, warum sollte ich dich morgen denn nicht besuchen?«

Angelina druckst herum, erklärt noch mal, sie sei müde und durcheinander, und dass sie morgen natürlich wieder auf ihn warten würde. Toni scheint erleichtert.

»Aber Toni«, ruft sie ihm hinterher, als er sich auf den Weg macht. »Das werden die im Krankenhaus doch bestimmt nicht erlauben, dass ich mit dir mitkomme, oder?«

Er dreht sich zu ihr um. Er lacht. »Da finden wir schon einen Weg. Ich lasse mir doch nicht verbieten, dass ich dir helfen will!«

Dann lässt er sie zurück, bekommt nicht mehr mit, wie sie versteinert an Ort und Stelle verharrt. *Du bist gar nicht nett. Das fühlt sich nicht nett an. Das fühlt sich falsch an.*

Ein Schwindel zwingt sie in die Knie, lässt ihr noch ein wenig Kraft, um sich auf die Parkbank zu retten. »Das kenne ich«, nuschelt sie schwach. »Das kommt mir bekannt vor«, sagt sie, bevor sie das Bewusstsein verliert.

VOR EINEM JAHR AUF NURIA

KAPITEL XIII

ANGELINA UND TOM

Vielleicht war es nicht das erste Mal in seinem Leben, dass Tom sprachlos war. Aber ganz bestimmt war es das erste Mal, dass Tom solch einen Zauber erleben durfte. Wortlos sah er sie an. Die Delfine schossen weiterhin durch den magischen Meeresstrudel. Ab und zu reckten sie ihre Köpfe aus dem Wasser und quiekten, wie es nur Delfine konnten.

»Kannst du sie sehen? Kannst du sie sehen, Tom?«, fragte Angelina hektisch, denn sie hatte immer noch ein wenig Angst, dass sie sich alles nur einbildete.

Doch Tom brauchte ein wenig Zeit, bis er seine Sprache wiedergefunden hatte. Er taumelte behäbig durch den Raum, betrachtete ehrfürchtig die magische Wasserspirale. Er sah nach den anderen Gästen und blickte nicht zuletzt zu Odilo, wie er majestätisch an Ort und Stelle stand.

»Kannst du sie sehen?«, fragte Angelina etwas behutsamer. »Kannst du die Delfine sehen?«

»Ja, Angelina«, antwortete er endlich. Er räusperte sich und holte tief Luft. »Ja, ich sehe sie. Die Delfine und alles andere um uns herum!«

»Dann glaubst du mir jetzt?«, entgegnete Angelina aufgeregt.

Tom seufzte und sah sie irgendwie seltsam an. War er traurig?

»Angelina, du bist echt schräg", antwortete er schließlich. »Ich habe dir doch die ganze Zeit schon geglaubt.«

»Oh«, murmelte Angelina und runzelte die Stirn. Fiel es ihr wirklich so schwer zu glauben, dass ihr Freund an sie glaubte?

»Es ist wunderschön«, flüsterte er ihr zu.

Angelina lächelte und richtete sich stolz auf. »Ja, das ist es!«

Er schritt so nah er konnte an das Wasser heran, betrachtete das lichtdurchflutete Blau, beobachtete, wie die Delfine ihre Runden durch das Wasser zogen.

»Was haben sie gesagt?«, fragte er langsam. »Sie haben doch etwas gesagt, oder?«

Und Angelina berichtete. Wieder einmal durfte sie Tom berichten, was sie erlebt hatte, was sie von den Delfinen erfahren hatte. Und wieder einmal hörte Tom ihr aufmerksam zu.

»Also bist du so etwas wie eine Superheldin?«, überlegte er, nachdem sie zu Ende erzählt hatte.

»Na ja«, erklärte Angelina und wurde ein wenig rosa im Gesicht. »Die Delfine haben von einer Art Gabe gesprochen, von einem WISSEN. Ich kann mich in diese Schutzwelt flüchten und die Zeit steht still. Das … das macht mich noch lange nicht zu einer Superheldin.«

»Dann macht es dich eher zu einer Hexe?« Tom grinste.

Und schon hatte sich Angelinas zartrosa Gesichtsfarbe in ein leuchtendes Rot verwandelt.

Er löcherte sie noch mit allen möglichen Fragen. Wollte wissen, warum sie diese Gabe besaß, woher die Delfine kamen, warum sie gerade jetzt den Kontakt suchten und was genau Angelina eigentlich ÜBEN sollte.

Angelina stellte bestürzt fest, dass sie rein gar nichts davon beantworten konnte. Dass sie den Delfinen zwar

endlich wieder begegnet war und nun endlich wusste, dass sie nicht verrückt war, dass sie aber fast nichts über die Delfine selbst wusste.

Tom zeigte sich ein wenig enttäuscht, doch Angelina bemerkte, dass sie nicht mehr diese Eile in sich verspürte, alles auf einmal verstehen und wissen zu müssen.

»Es wird sich schon finden«, versuchte sie, Tom zu trösten. »Ich werde es lernen und ich werde es verstehen. Ich brauche nur Geduld zu haben.«

Überrascht sah Tom sie an. »Wie du meinst«, sagte er ernst und setzte sich auf den Boden. »Schließlich ist das hier DEINE Superheldenwelt!«

Angelina seufzte. Es hatte wohl keinen Sinn, Tom diesen Superheldinnen-Quatsch ausreden zu wollen. Sie setzte sich zu ihm. Sie ließen sich auf den Rücken fallen und blickten fasziniert in die Unendlichkeit der sich kreisenden Wassersäule.

Für eine ganze Weile noch genossen sie den Augenblick, schwelgten in der Stille und Angelina schilderte ein zweites Mal, wie die Delfine zu ihr gesprochen hatten.

»Und die anderen hier merken gar nichts?«, fragte Tom, immer noch fassungslos.

»Bist im Jetzt und bist im Hier, die Zeit steht still, wir sind bei dir! Und keiner wird es je ergründen, es sei denn, du willst Zeugen finden!«, wiederholte Angelina, denn sie hatte jedes Wort der Delfine behalten. »Es dürfte also keiner bemerkt haben, so wie es keiner bemerken wird … keiner außer dir.«

»Und du bringst uns zurück? Mit der Kraft deiner Gedanken?«

»Nun, wir werden sehen«, erklärte sie und spürte, wie ein leichtes Kribbeln durch ihren Körper fuhr.

»Möchtest du denn schon wieder zurück?«

88

Angelina setzte sich auf und ließ ihren Blick zu Odilo schweifen.

»Ja, es wird Zeit. Ich habe Odilo einiges zu sagen«, antwortete sie ruhig.

Gedankenverloren strich sie über ihr T-Shirt, bemerkte, dass es, so wie wahrscheinlich auch ihr Gesicht, noch schokoladenverdreckt war. Sie schritt wie selbstverständlich zum Wasser, tauchte ihre Hand in den Strudel, der sich magisch teilte, ohne, dass nur ein Tröpfchen auf den Boden fiel. Und obwohl sich das Wasser sofort in Luft aufzulösen schien, sobald Angelina es sich auf Gesicht und T-Shirt träufelte, sah sie im Nu wieder sauber aus.

»Ein wenig gruselig ist das schon«, stammelte Tom. Doch Angelina lächelte. »Vor MIR brauchst du keine Angst zu haben!«

Sie reichte ihm ihre Hand. »Bist du bereit?«

»Mit der Kraft deiner Gedanken?«, murmelte Tom, als er ihr seine Hand reichte.

»Mit der Kraft meiner Gedanken!«

Instinktiv schlossen sie die Augen. *Es geht zurück.* Sie dachte an das Café, sie dachte an Odilo und das, was sie ihm sagen wollte. *Es geht zurück in die wirkliche Welt!*

KAPITEL XIV

ANGELINA SPRACH

Sie machen mir Angst!«, brüllte Angelina, so laut sie konnte. »Sie machen mir Aaaaaaaangst!«, schrie sie so laut, dass man es nicht nur im ganzen Café, sondern auch draußen vor der Tür hören konnte. Angelina und Tom waren wieder zurückgekehrt aus ihrer wundersamen Wasserwelt. Das Zurückkommen ging schneller als ein Wimpernschlag, kürzer als ein Fingerschnippen. Es funktionierte also. Es funktionierte tatsächlich.

Plötzlich wurde es still in Odilos Eiscafé – es wurde mucksmäuschenstill. Viele Gäste schnellten hinter die Theke, lugten in Odilos Raum, wollten erfahren, wer da geschrien hatte.

Odilo wich erschrocken einen Schritt zurück. »Die Kinder wollten mich bestehlen!«, rief er sofort. »Sie wollten stehlen, ich habe es noch rechtzeitig bemerkt.«

»Das stimmt nicht. Sie wollten MICH bestehlen«, erwiderte Angelina.

»DICH bestehlen?«, wiederholte Odilo und lachte. »Das ist wirklich lächerlich.«

Angelina ließ sich nicht beirren. »Sie haben mich hinter die Theke gezerrt, haben mir Angst gemacht. Sie haben nach mir gegriffen, haben nach meiner Geldbörse gegriffen. Das war eklig!«

»Das ist die Wahrheit«, rief Tom, »ich habe es gesehen.«

Die Gäste starrten Odilo empört an. Alle schienen auf eine Erklärung zu warten. Doch Odilo blieb bei seiner Ver-

91

sion. »Die beiden sind Komplizen«, sagte er. »Sie lügt, und der Junge auch.«

»Tja, dann möchte ICH jetzt die Polizei rufen. Dann können die herausfinden, wer wirklich gelogen hat«, sagte Angelina.

Odilo sah sie mit versteinerter Miene an. Er schien durcheinander, irgendwie aus dem Konzept gebracht. »Vielleicht«, grummelte er, »vielleicht war es ein Missverständnis.«

»Ein WAS?«, fragte Angelina. »Ich habe Sie nicht richtig verstanden. Was haben Sie gesagt?«

»Ein … ein Missverständnis«, wiederholte Odilo nervös. »Vielleicht war es nur ein Missverständnis.«

»Nein, das war es nicht. SIE haben mich hinter die Theke gezerrt. SIE haben mir Angst gemacht und SIE wollten mein Geld stehlen.«

»Verdammt, steh ich jetzt hier vor Gericht? ICH? In meinem eigenen Laden? Immerhin bin ICH hier der Chef! Ich wollte dir entgegenkommen, aber wenn du nicht willst, bitte, dann ruf doch die Polizei!«

»Sie dürfen sich trotzdem nicht alles erlauben, auch wenn Sie der Chef sind. Wir Kinder haben Rechte. Sie können mit uns nicht einfach tun und lassen, was Sie wollen, nur weil wir Kinder sind.«

»Schon gut«, blaffte Odilo. »Ich habe dir ja nichts getan. Du hast hier Chaos veranstaltet und meine Einrichtung zerstört, vergiss das nicht.«

»Sie scheinen kein gutes Gedächtnis zu haben«, erwiderte Angelina. »Aber ich will Ihnen gerne helfen: Das mit den zerbrochenen Glasbechern war ein Unfall und ich habe alles wieder sauber gemacht. Und dann haben Sie mich hinter die Theke gezerrt, Sie haben mir Angst gemacht, Sie haben nach mir gegriffen. Dazu hatten Sie kein Recht!«

Odilo starrte sie wütend an. Er schien genug zu haben von dem ganzen Theater. »Was glotzt ihr denn alle so?«, rief

92

er den anderen Gästen zu. »Hier gibts nichts zu gucken. Ich regele das hier schon.«

»Keiner soll gehen«, rief Angelina laut. »Unter gar keinen Umständen will ich wieder mit ihnen allein sein.« Die Gäste blieben bestürzt stehen. Anscheinend wusste keiner so genau, was er tun oder sagen sollte. Doch Angelina wusste es. Sie fasste nach ihrer Geldbörse. »Das sind zehn Euro für unser Eis. Die will ich Ihnen gerne bezahlen. Und außerdem will ich Ihnen gerne noch etwas sagen: Wie armselig ist es eigentlich, als Erwachsener ein junges Mädchen einzuschüchtern?« Sie erhob wieder ihre Stimme und wurde laut und wütend. »Sie sind sich vorhin wohl richtig groß und stark vorgekommen, haben vielleicht gedacht, dass ich anfange zu weinen, dass Sie mir einfach so die Geldbörse wegnehmen können. Haben gedacht, dass ich ein schüchternes, kleines Ding bin, und dass Sie mich einfach so anfassen können. Vielleicht haben Sie auch gedacht, dass ich Ihnen jeden Scheiß glaube, dass ich mich schuldig fühle und schäme und keinem etwas von Ihrer miesen Nummer erzähle. Vielleicht haben Sie gedacht, dass ich mir alles gefallen lasse und dann schweige, dass da keiner ist, der mir zuhören würde oder der mir glaubt?« Sie schnappte kurz nach Luft. Odilo war mittlerweile aschfahl im Gesicht. Er war einen Schritt zurückgetreten, stand mit dem Rücken zur Wand.

»Eines kann ich Ihnen sagen: NICHT MIT MIR! Lassen Sie Ihren Scheiß nicht an mir aus. Suchen Sie sich meinetwegen jemanden, der ebenbürtig ist – oder nein, schauen Sie lieber selbst, was SIE an SICH ändern müssen. Suchen Sie sich nie wieder, ich sage Ihnen, nie wieder, ein Kind, um es einzuschüchtern!«

Odilo hatte seinen Kopf tief gesenkt. Starr blickte er vor sich hin. Keiner wusste, ob er überhaupt noch zuhörte. Angelinas Worte hatten gesessen. Sie atmete erlöst durch. Dann drehte sie sich zu den anderen Gästen, die geschwiegen hatten, die beeindruckt waren, dass ein so junges Mädchen so mutig reden konnte. Zuerst waren es die Kinder, die anfingen zu klatschen. Sie applaudierten stürmisch, sie tobten und jubelten und es dauerte nicht lange, bis alle anderen Gäste ebenfalls einstimmten.

»Du bist ja wieder ganz sauber im Gesicht!«, rief ihr plötzlich ein kleines Mädchen zu, das sie die ganze Zeit mit großen Augen beobachtet hatte. Noch etwas überfordert von den Ereignissen fasste Angelina sich an ihr Gesicht, dann an ihr Shirt. Freudig atmete sie auf. »Ja, das hast du gut beobachtet«, entgegnete sie und zwinkerte dem Mädchen verschwörerisch zu.

Sie ging zu Tom, der im Hintergrund wartete und ihr beeindruckt zugehört hatte. Sie ging aufrecht und stolz und Tom stand da und erwartete sie mit einem Lächeln. Es war ein stilles, aber strahlendes Lächeln, erleuchtet durch das Wissen, das sie nun miteinander teilten.

Angelina und Tom beschlossen, nach Hause zu gehen, denn es war an der Zeit. Sie spürten, wie sich eine große Erschöpfung in ihnen breitmachte, wie sich eine zufriedene Müdigkeit entfaltete, so wie nach einer bestandenen Prüfung. Nachdem sie die letzten Tage und Nächte an nichts anderes als an geheimnisvolle Delfine und tollkühne Sprünge hatten denken können, hatten sie nun ganz einfach das Bedürfnis, nach Hause zu gehen. Sie gingen noch ein ganzes Stück nebeneinanderher, bis sich ihre Wege trennten.

»Tja, dann sehen wir uns die Tage?«, fragte Tom, als sie sich verabschiedeten.

»Ja«, erwiderte Angelina und grinste. »Wir sehen uns in der blauen Bucht. Und dann, junger Mann, werden Sie mit mir mitkommen und von den Klippen springen. Das wird ein irres Erlebnis, besser als Achterbahnfahren!«

»Hoch und heilig versprochen?«, fragte Tom.

»Ja«, flüsterte sie. »Hoch und heilig versprochen.«

KAPITEL XV

DER SCHÖNSTE URLAUB

Unglücklich hatte sich Angelina zu Beginn ihrer Ferien gefühlt. Unglücklich und befangen, doch das war nun vorbei. Tatsächlich erlebte sie noch wunderschöne Ferienwochen und vielleicht war dies der schönste Urlaub, den sie überhaupt je erlebt hatte.

So vieles hatte sich geändert, weil auch Angelina sich verändert hatte. Wenn sie nun ihre Meinung sagen wollte, dann tat sie es. Wenn sie etwas störte, behielt sie es nicht mehr still für sich, sondern sprach es aus, und wenn sie sich durch jemanden angegriffen fühlte, verteidigte sie sich.

Sie durchlebte eine herrlich leichte Sommerzeit, unternahm wunderbare Ausflüge. Angelina sprang jetzt so oft sie wollte von den Klippen der blauen Bucht, sprang sogar mit den anderen Kindern um die Wette. Sie schwammen im Meer, tauchten nach Muscheln. Und wenn Clarissa mitkommen wollte, dann kam sie eben mit. Sie sollte noch eine Chance erhalten, sollte zeigen dürfen, dass es auch liebenswerte Seiten an ihr gab und siehe da … es gab sie. Sie hatte die beiden Freunde nicht verpetzt, sondern über Angelinas Worte nachgedacht.

Sie zelteten nachts am Meer, unternahmen eine Schnorcheltour und sie verabredeten sich sogar in Odilos Eiscafé. Doch hatte es auch hier eine grundlegende Veränderung gegeben. Denn hinter der Theke stand nicht mehr Odilo, sondern Konrad, Odilos Cousin. Nach einer sehr unschönen

Unterredung mit Angelinas Eltern hatte sich Odilo wohl aus dem Staub gemacht. Zumindest war er nicht mehr da und es interessierte auch niemanden, wo er war. Und Konrad, der schon lange darauf gehofft hatte, endlich im Laden stehen zu dürfen, war überglücklich über diese Entscheidung. Er war ganz anders als sein Cousin. Hatte lustige, lachende Augen und versprühte so viel Herzlichkeit, dass sich jeder nicht nur scheinbar, sondern auch wirklich wohlfühlen durfte.

Die Freunde waren glücklich. Alles erschien plötzlich leicht und unkompliziert. Die Zeit flog nur so dahin und irgendwann neigten sich auch diese Sommerferien dem Ende zu.

Angelina wusste, dass ihr in der blauen Bucht nur noch wenige Tage blieben. Seit dem denkwürdigen Tag in Odilos Eiscafé hatte sie die Delfine nicht mehr gesehen. Immer wieder überdachte sie, was sie ihr vorgesungen hatten. *Mit der Kraft meiner Gedanken* – ging es ihr ständig durch den Kopf. *Mit der Kraft meiner Gedanken.* Es war, als bräuchte sie noch ein wenig Zeit, um den nächsten Schritt wagen zu können, denn nach wie vor glaubte sie nicht so recht an ihre Fähigkeiten.

Dann war er gekommen, der letzte Abend. Der letzte Abend, bevor es wieder zurück nach Hause gehen sollte. Noch etwas versonnen lag Angelina in ihrem Bett und dachte nach. Bald also würde die Schule wieder beginnen, und es war keineswegs so, dass Angelina sich nicht darauf freute. Ganz im Gegenteil, sie fühlte sich stärker denn je und war gespannt auf die Herausforderungen des neuen Schuljahres. Und dennoch … war sie tatsächlich in der Lage …? Aber nein … sie wollte nicht wieder grübeln. Müde drehte sie sich um und schloss die Augen. »Es wird sich schon finden«, murmelte sie und gähnte. »Ganz bestimmt!«

96

Federleicht dämmerte sie weg. Angelina schlief. Und wieder sollte sie träumen, zauberhaft und klar. Engelsgleich flüsterten sie es ihr zu, während sie in ihrem Traum durch das Wasser glitt. Und es war wieder der eine Delfin, der diesmal zu ihr sprach:

Wir stammen aus der Tiefe der Zeit,
durchstreifen die Dimensionen für dich,
ganz einfach Faranghis nennst du mich.

»Faranghis?«, wiederholte Angelina in ihrem Traum. »Das klingt schön und soooo vertraut. Woher kenne ich dich?«
Der Delfin keckerte. »Denk an dich«, flüsterte Faranghis weiter.

Denk an dich, wir helfen dir,
trau dich auch, wir stehen zu dir,
denn lässt du deine Gedanken frei,
fühlst du die Idee und bist dir treu!

Und mit diesen Worten wachte Angelina auf. Sie öffnete ihre Augen und lächelte. »Ja«, sprach sie sanft in die dunkle Stille hinein. »Mit der Kraft meiner Gedanken!«

FLASHFORWARD VI

ICH WEISS ES GENAU

Maginie! Ich bin Angelina Maginie.

Der Name war ihr durch den Kopf geschossen, als sie nach ihrer Ohnmacht wieder das Bewusstsein erlangt hatte. »Ich bin Angelina Maginie!«, hatte sie geflüstert, immer noch auf der Parkbank liegend. Keiner hatte es mitbekommen, keiner hatte sie gesehen. Da hatte sie sich einsamer denn je gefühlt, einsam und erschöpft. Dennoch war sie schnurstracks zurück ins Krankenhaus gelaufen. »Maginie«, hatte sie dabei unentwegt geflüstert, aus Sorge, sie könne es vielleicht wieder vergessen. »Ich bin Angelina Maginie!« Dann hatte sie es im Krankenhaus erzählt. Ein einziges Wort hatte ihr Gedächtnis ihr geschenkt. Ein einziges, aber bedeutsames Wort: ihren Namen. Im Krankenhaus hatten sich alle mit ihr gefreut. Man wolle sofort mit der Suche beginnen, wolle sofort Bescheid geben, sobald man etwas herausfinden würde. Dann später hatte sie auch nach Toni gefragt. Nach Toni und der Party, auf die er sie eingeladen hatte. Doch keiner wusste etwas darüber. Nicht über Toni und auch nichts über Luca und Silvie.

Jetzt ist Angelina wie jeden Tag auf dem Weg in den Park. »Da bist du ja endlich«, ruft Toni, als er sie sieht. »Ich habe mich schon gefragt, wo du bleibst.« Er sitzt auf der Parkbank, wundert sich, da Angelina nichts erwidert. »Nanu, so ernst heute? Was ist denn los? Willst du dich nicht zu mir setzen?«

»Ich bleibe nicht lang«, sagt Angelina. »Hier, die Kleider, die du mir geschenkt hast. Ich habe sie in die Tüte gepackt.« Sie stellt die Tüte schnell auf der Bank ab.

Tonis Gesicht verdüstert sich. »Was zum Teufel, was ist los mit dir?« »Nichts«, antwortet Angelina. »Nur, dass ich nichts mehr mit dir zu tun haben möchte.« Toni ist verärgert. »Was soll das heißen? Bist du verrückt geworden?«

»Ganz und gar nicht. Es ist eben so. Ich bin dir nichts schuldig. Du solltest besser gehen. Oder ich rufe die Polizei«, erwidert Angelina. Es fällt ihr nicht leicht, so mit Toni zu sprechen. Sie atmet tief durch. *Ich bin Angelina Maginie.* »Die Poli-was?«, zischt Toni. Sein Gesicht ist plötzlich ganz hässlich. Seine Blicke machen ihr Angst.

»Ich weiß, dass du gelogen hast«, sagt Angelina. »Du hast gar keinen Enkel. Du wolltest mich reinlegen, wolltest mich zu dir locken.«

»Du weißt gar nichts«, ruft Toni und sieht sie lange an. »Keine Ahnung, was du dir einbildest. Wahrscheinlich hat dein Gehirn bei dem Unfall einen ordentlichen Schaden abbekommen!«

Angelina schluckt. »Ich werde jetzt gehen«, sagt sie.

»Nein, ICH werde gehen. ICH werde gehen und DU wirst bleiben, weil du ein Niemand bist. Und ich war so dumm und wollte dir auch noch helfen, wie konnte ich nur. Wieso habe ich nicht direkt erkannt, was für ein undankbares Gör du bist?«

Das reicht. Sie dreht sich um. »Ich will dich nie wiedersehen«, sagt sie und geht. Aber Toni bleibt. Für ihn ist es noch nicht vorbei. »Du bist nicht nur undankbar, du bist auch furchtbar dumm«, ruft er ihr hinterher. »Du wirst zu mir zurückkommen, hörst du? Anflehen wirst du mich, dass ich dir verzeihe, dass ich dich doch noch bei mir aufnehmen werde. Ja, du wirst schon sehen!«

»Nie und nimmer«, brüllt Angelina durch den gesamten Krankenhauspark. »Und wenn du der letzte Mensch auf dieser verdammten Welt wärst, NIE würde ich zu dir kommen, du blödes, verlogenes Arschloch!«

100

VOR EINEM JAHR AUF NURIA

KAPITEL XVI

DAS AQUARIUM

Es war mitten in der Nacht, als Angelina von ihrem wundersamen Traum mit Faranghis aufgewacht war – ihre letzte Nacht auf Nuria. Sie war aufgewacht, umgeben von der Stille der Nacht. »Mit der Kraft meiner Gedanken«, hatte sie gesagt, und dann war es passiert: Das ganze Ferienhaus hatte angefangen zu beben. Das Meer hatte sich auf den Weg gemacht, um Angelina Maginie zu besuchen. Es war ihre wundersame Wasserwelt, die sich um das Haus ihrer Eltern schlängelte, die durch die Tiefen der Zeit geflutet kam, ohne Schaden anzurichten. Angelina hatte es so entschieden. Sie allein hatte das Wasser zu sich gerufen. Sie allein hatte ihre Vorstellungskraft bemüht und mit der Kraft der Gedanken ihre Schutzwelt bestellt.

Jetzt stand sie andächtig vor ihrem Fenster. Mit glänzenden Augen konnte sie das Schauspiel beobachten, konnte sehen, wie das Wasser stetig stieg. Sie blickte hinaus in ein einzigartiges Aquarium, welches ihr Zimmer mit herrlichen Schattenspielen versah.

Zufrieden sah sie sich um. »Ich kann es«, sagte sie überwältigt. »Ich kann es wirklich! Und nicht nur, wenn ich Angst habe, sondern auch einfach so – wenn ich es will.« Diese eine letzte Lektion hatte sie also noch lernen sollen.

Angelina wusste nun, was die Delfine versucht hatten, ihr zu erklären. »*Denk an dich, wir stehen zu dir, trau dich auch, wir hel-*

101

fen dir«, hatten sie schon bei der ersten Begegnung gesungen. An sich selbst hatte sie denken sollen, von Anfang an – an ihre Wünsche, an ihre Ziele. Die Delfine hatten Angelina bestärkt. Sie hatte sich trauen sollen, um dem Ruf der inneren Stimme folgen zu können. Bei dieser Mission hatten die Delfine sie unterstützt und nun musste sie lernen, dem Zauber ihrer eigenen Kraft zu vertrauen – der Kraft ihrer Gedanken.

Wachsam schaute sie durch das Fenster, denn sie erwartete Besuch. Sie hatten sich verabredet wie alte Freunde. Als Angelina ihn endlich entdeckt hatte, öffnete sie langsam das Fenster. Erneut konnte sie beobachten, wie das Wasser ihren eigenen Gesetzen folgte und standhielt, denn nicht ein Tröpfchen gelangte in ihr Zimmer.

Sie vernahm das freundliche Quieken, als er in ihr Zimmer hineinlugte. »Faranghis«, rief sie freudig. »Faranghis, da bist du ja.«

»Im Schlaf hast du dich auf den Weg gemacht, uns zu finden – und im Schlaf hast du uns auch gefunden«, sprach er bedächtig. »Du wolltest etwas ändern, doch wusstest du nicht, wie, und musstest erst mal lernen, uns zu rufen.«

Mit nachdenklicher Miene lauschte sie, was Faranghis ihr verriet, doch war es ihr nicht mehr neu, denn sie hatte längst verstanden: Eine große Unruhe hatte sie in diesem Sommer gepackt. Der unbändige Wunsch, sich auf Abenteuersuche zu begeben. Im Schlaf hatte sie ihre ersten Versuche gewagt, erst ängstlich und linkisch, dann neugierig, doch verbissen, bis sie gelernt hatte, auf ihre innere Stimme zu vertrauen.

Angelina sah Faranghis versonnen an. »Du wirst mir nicht verraten, woher du kommst, oder?«

Faranghis nickte und wirkte trotz seines lächelnden Antlitzes überraschend ernst.

»Warum? Darf ich es denn nicht wissen?«

102

»Doch, aber die Zeit ist noch nicht gekommen. Du wirst es selbst herausfinden und erst dann wirst du es verstehen können.«

»Ja, aber«, Angelina schnappte kurz nach Luft. »Werde ich noch lange warten müssen?«

»Du wirst es genau im richtigen Augenblick erkennen und keine Sekunde früher.« Faranghis keckerte zärtlich.

Angelina sah den Delfin mit großen Augen an. Die Abenteuerreise hatte also erst begonnen.

»Und jetzt?«, fragte sie nach einer Weile. »Was soll ich jetzt tun?«

»Jetzt?«, wiederholte er sanft. »Jetzt geh und übe. Sollst freudig in dein Leben gehen.« Und feierlich erhob Faranghis seine Stimme:

Sei respektvoll und auch gütig,
achte auf dich,
sei nicht unnötig mutig.
Wir stehen dir immer bei,
wenn du nicht vergisst, wer du bist.
Hast freigesetzt diese neue Kraft,
also gehe jetzt und nutze sie mit Bedacht.

»Versprochen?«, wisperte Angelina. »Ihr seid für mich da und ich werde euch treffen können, wann und wo immer ich es will?«

»Versprochen«, wisperte er zurück.

Angelina sah sich um. Sie betrachtete ihr Zimmer, dachte an ihre Eltern, die nichts ahnend in ihren Betten lagen, sie dachte an Tom und all ihre anderen Freunde, die zu Hause auf sie warteten – zu Hause! Ja, es war an der Zeit zu gehen. Sie wollte zurückkehren, wollte mittendrin sein und natürlich auch dabei. Sie würde gehen und sie würde sich in ihren Kräften üben, denn das war erst der Anfang.

104

Sie blinzelte zu ihrem Bett und spürte, dass sie müde war. »Dann sollte ich keine Zeit verlieren. Ich werde jetzt gehen, mein lieber Freund. Ich werde gehen und üben. Danke für alles und … gute Nacht.«

Angelina legte sich in ihr Bett und schloss die Augen. »Gute Nacht«, hörte sie auch Faranghis flüstern. Dann ließ sie ihre Welt wieder ziehen – ganz heimlich und still!

KAPITEL XVII

NACH HAUSE

An diesem Sommertag war alles leicht und wunderschön. So war es und so sollte es auch bleiben. Ein mutiges Mädchen, Angelina war ihr Name, saß mit strahlenden Augen auf der Rückbank des Wagens ihrer Eltern. Sie waren nun auf dem Weg nach Hause.

Es war bei Weitem kein gewöhnlicher Urlaub gewesen. Schmunzelnd erinnerte sie sich an die ersten Tage ihrer Ferien zurück. Unzufrieden war sie gewesen. Unzufrieden mit sich und der Welt. Und wie leicht hatte sie sich aus der Ruhe bringen lassen. Was hatte noch gleich ihr Vater gesagt, an dem Tag ihres dreizehnten Geburtstags? »Schon fast eine junge Dame und trotzdem noch ein kleines Mädchen!« Er hatte diese Worte völlig unbedacht ausgesprochen, liebevoll, aber unbedacht. Wie sehr nur hatte sich Angelina über diese Worte geärgert. *Ein kleines Mädchen* – so hatte sie sich an ihrem Geburtstag ganz und gar nicht fühlen wollen. Müde hatte sie ihren Vater angelächelt. Sie hatte nichts verraten wollen von ihrer Wut, doch insgeheim hatte sie an diesem Tag einen Entschluss gefasst. *Mutig will ich sein, mutig und stark!*

Und heute? Und heute war sie nicht mehr wütend, versuchte nicht mehr verbissen, eine andere zu sein. Sie war ein und dieselbe und hatte sich trotzdem verändert. Sie war Angelina Maginie, ein Mädchen, das einen wundersamen Sommer verlebt hatte. Ein Mädchen, das sich nun zutraute, sie selbst zu sein, und mutig genug war, die Macht ihrer Gedanken und die Kraft ihrer Sprache zu nutzen. Wie würde es nun weitergehen? Welche Abenteuer würden ihr noch bevorstehen?

»Ist alles in Ordnung, meine Große?«, fragte plötzlich ihre Mutter und riss Angelina damit jäh aus ihren Gedanken. »Du bist ja so still.«

»Alles in bester Ordnung«, rief ihre Tochter ihr zu. »Ich habe nur gerade überlegt ...«

»Was denn?«, entgegnete Ava Maginie, indem sie sich Angelina neugierig zuwandte.

»Sind wir mal Delfinen begegnet? Ich meine hier – in der blauen Bucht?«

Ava Maginie blickte nachdenklich aus dem Fenster. Ihr Gesicht nahm einen seltsam verträumten Ausdruck an. »Ja, das sind wir«, antwortete sie langsam. »Es ist schon eine ganze Weile her, du warst noch klein. Ich glaube ... ja, es war unser erstes Jahr in der blauen Bucht.«

»Ja, und?«, hakte Angelina gespannt nach. »Was ist passiert?«

»Ähm, passiert? Na ja, es war irgendwie komisch.« Ava Maginie schaute konzentriert in die Ferne, so als ob sie die Erinnerung direkt vor Augen hatte. »Wir saßen im flachen Wasser, ich meine du und ich, und ... ach«, sie lächelte kurz. »Dein Papa hat eine Sandburg gebaut, er hat erst gar nichts gemerkt ... na ja, und ... dann kamen sie einfach so. Sie sind überraschend nah ans Ufer gekommen, haben aus dem Wasser geguckt. So etwas hatte ich noch nie erlebt. Ach, es war zu ulkig! Na ja, egal, ich ... so genau kann ich mich auch nicht mehr erinnern.« Sie runzelte nervös ihre Stirn. »Wie kommst du überhaupt darauf?«

»Nur so, Tom hat da neulich so eine Geschichte erzählt, dass er bei seinem letzten Klippensprung Delfine gesehen hätte ... du weißt ja, wie er ist.«

108

Ava Maginie lachte auf. »Ja, sicher, Tom und seine abenteuerlichen Geschichten.« Sie wandte sich wieder um und schaute aus dem Fenster, sah zu, wie sie die vertrauten Straßen ihrer geliebten Urlaubsinsel verließen. Bald würden sie die Fähre erreicht haben und dann hieß es übersetzen, ab nach Hause, zurück in den Alltag. Dann fiel ihr ein, dass sie sich ein Buch für die Reise eingepackt hatte, und sie begann, in ihrer Handtasche danach zu kramen. Und da – da hatte sie es schon gefunden: *Das wunderbare Leben der Maxine K.* stand auf dem Buchrücken. Sie schlug es auf, als Angelina noch einmal rief: »Und, Mama?«

»Jaaaa?«

»Da ist noch etwas.«

Erneut blickte Ava Maginie auf. »Was denn?«

»Meine Schuhe. Meine Schuhe sind mir wieder zu klein.«

»Wirklich? Aber die sind doch ganz neu.«

»Tja«, entgegnete Angelina selbstbewusst. »Dann bin ich in diesem Sommer wohl besonders schnell gewachsen!«

Vielleicht war es der Tonfall, der Ava Maginie kurz zusammenzucken ließ. Etwas verwundert sah sie Angelina an. Aber alles, was sie sah, war eben ihre Tochter, wie sie glücklich und zufrieden auf der Rückbank des Autos saß. Ohne zu wissen, warum, musste sie erleichtert aufatmen. »Ja«, sagte sie stolz. »Ja, das bist du wohl wirklich!«

Ach, Mama, wie schön, dass du mich auch ohne Worte verstehst, und würde ich dir alles erzählen, wahrscheinlich würdest du mir jedes Wort glauben. Bist nicht auch du eine Träumerin? Eine Träumerin, so wie ich? Sie lächelte. Und wer konnte das wohl besser erahnen als sie – Angelina Maginie!

EPILOG

VON SOMMER ZU SOMMER

Dabei war es so wunderbar gewesen. Das wunderbare Jahr der Angelina Maginie. Nachdem sie den Delfinen auf Nuria begegnet war, hatte sich alles und auch nichts verändert. Angelina hatte sich frei gefühlt. Frei von Sorgen und Ängsten. Ihr Kopf hatte nicht mehr immer und ständig gearbeitet. Sie hatte Lust auf ihr Leben gehabt, hatte die Angst vor dem Scheitern verloren. Wenn sie sich doch hatte ärgern müssen, hatte sie ihren sicheren Ort besucht und auch, wenn sie einfach mal Ruhe gebraucht hatte oder einfach nur zum Spaß.

Tom blieb ihr einziger Zeuge, den sie ab und zu in ihre Welt einlud und nur ganz selten sollte auch Ally, ihre Katze, bei ihr sein. Sie nahm die Reise übrigens erstaunlich gelassen hin, schnupperte nur gelegentlich empört an der Wasserfront. Angelina nahm jede Herausforderung an. Sie übte, so gut sie konnte, und hatte sich mit der Zeit immer selbstsicherer gefühlt. Teilweise vergaß sie sogar, dass die ganze Geschichte vollkommen unmöglich sein musste. Angelina reiste zwischen ihren Welten hin und her, ließ ihre Wasserwelt auferstehen und verschwinden, als ob es ein Kinderspiel wäre. Doch egal, was sie erfragte, sie erfuhr nicht mehr über ihre geheimnisvollen Freunde. Die Delfine waren zauberhaft, aber ihre kryptisch vorgetragenen Hinweise brachten Angelina nicht weiter.

111

Und wenn die Welt sich schneller dreht,
der Boden bebt und nichts mehr steht,
das Außen immer mehr verschwimmt
und jeder nur von anderen nimmt …

Dann rat ich dir – bleib einfach hier,
nicht hoffnungslos – nur ganz bei dir,
dein eigen Reich du mit dir trägst,
und dein Gefühl, dich hegt und pflegt.

Diese seltsamen Zeilen wiederholten sie stets. Und mit der Zeit hatte Angelina aufgehört, Fragen zu stellen. Sie fragte sich nicht mehr, warum sie diese Fähigkeit besaß. Sie fühlte sich schon fast unantastbar und erfreute sich jeden Moment daran, dass es so war.

Es wurde wunderbar, obwohl Tom sie zurückließ. Er musste raus in die große, weite Welt. Zum Halbjahr wollte er an einem Austausch teilnehmen, wollte die Schule in einem fremden Land besuchen, fern von ihrem Heimatort Silona. Doch hatte das Wiedersehen ja folgen sollen, in den Sommerferien auf Nuria, auch wenn Tom in diesem Jahr zwei Wochen später ankommen sollte.

»Du verpasst meinen vierzehnten Geburtstag«, hatte Angelina traurig bei ihrem Abschied bemerkt.

»Dann feierst du eben noch mal, wenn ich wieder zurück bin«, hatte Tom gesagt. »Ach was, wir feiern den ganzen Sommer durch!«

Fest und innig hatten sie sich umarmt. »Pass auf dich auf, mein Freund«, hatte sie geflüstert.

»Pass auf dich auf, kleine Hexe.«

Und dann war der letzte Schultag gekommen. Die Packerei im Hause Maginie war wie immer chaotisch und lustig ab-

112

gelaufen. Angelinas Katze Ally pflegte sich immer auf das Küchenregal zu setzen, um das hektische Treiben aus sicherer Entfernung zu beobachten.

Schließlich hatten sie endlich im Auto gesessen, auf dem Weg zur Küste. Für Angelina verging die Zeit auf Reisen immer schnell. Sie hatte Musik gehört, hatte verträumt an Nuria gedacht, an das Wiedersehen mit Tom, an die blaue Bucht und die Klippen am Meer.

Zeile für Zeile hatte sie ihrem neuen Lieblingslied *Space-Dye Vest** gelauscht. *Was, wenn ich das Geheimnis der Delfine nur auf Nuria ergründen kann? Was, wenn ich auf Nuria sein muss, um es herauszufinden?* Nachdenklich hatte sie ihre Stirn in Falten gelegt. »Dass ich nicht schon früher daran gedacht habe«, sagte sie leise.

»Was?«, fragte ihre Mutter. »Was ist?«

»Niiiichts«, hatte sie genervt geantwortet. »Ich dachte nur, dass es heute ziemlich windig ist.«

Doch Ava Maginie hatte sie bloß mit ihrer einzigartigen Herzlichkeit angestrahlt. »Mag sein, aber meine Tochter nimmt es mit jedem Wind und Wetter auf!«

Mütter. Mütter sind manchmal echt schräg.

Und so war nur fast alles so wie jedes Jahr gewesen. Sie waren in die Ferien aufgebrochen. Angelina hatte es sich auf der Rückbank des Wagens gemütlich gemacht, mit ihren Kopfhörern auf den Ohren und der Lieblingsmusik in ihrem Herzen. Keiner von ihnen hatte ahnen können, dass sie auf dem Weg in ihr Verderben gewesen waren.

113

AUSBLICK

LEBEN ODER TRÄUMEN

Sie weiß nicht, wie viele Stunden sie schon durchweint. Ihre Wimpern sind völlig verklebt.

»Angelina«, hört sie eine seltsam vertraute Stimme sagen, doch sie rührt sich nicht. *Ich will sie nicht sehen. Wenn ich sehe, dass SIE es ist und nicht eben SIE, wenn ich sehe, dass es nicht meine Mutter ist, dann …*

»Angelina?«, hört sie die Stimme noch mal sagen. Sie spürt, wie eine Hand nach ihrer Bettdecke tastet und vorsichtig daran zieht.

»Großmutter«, flüstert Angelina kaum hörbar.

Mit der Erinnerung kommt die Wahrheit. Eine Wahrheit, die unumkehrbar ist und ihre Welt auf den Kopf stellt. »Deine Eltern sind tot«, sagen sie. »Sie haben es leider nicht geschafft!«

War es nun gut oder schlecht, sich zu erinnern, fragt Angelina sich seither immer wieder. Der Schmerz packt sie mit eisiger Kraft, im Würgegriff, so wie es ihm passt. »Du wirst Zeit brauchen, aber du hast überlebt!«, betonen sieimmer wieder. Doch Angelina ist sich nicht sicher, ob sie lebt oder gerade im Begriff ist zu sterben. Ganz still und heimlich, nur, dass es keiner bemerkt. Der Wirbelsturm, der das Unglück verursacht hatte, hatte also die Fähre erfasst und auch ihre Eltern, die sich nun in einer anderen Welt befanden.

»Ist gut, meine Kleine«, flüstert Großmutter Susanna. Sie

ist gerade erst eingetroffen. Sie und ihr Ehemann. Das Ehepaar Kranz, die Eltern ihrer Mutter und ihre einzig verbliebenen Angehörigen. Susanna nimmt Angelinas Hand. »Ich dachte, es würde mir die Sinne rauben, als sie uns anriefen«, erklärt sie. »Wie ein schrecklicher Albtraum.«

»Du hast recht, nur, dass es kein Albtraum ist. Es ist wahr. Es ist passiert. Und nichts in der Welt kann es wieder rückgängig machen. Und das macht mich wahnsinnig. Denn sonst kann man doch so vieles schaffen, gibt es doch immer eine Lösung. Zumindest, wenn man sich anstrengt. Und nun? Nun nützt das alles nichts«, sagt Angelina. Ihre Worte gehen in heftigem Schluchzen unter. Susanna sieht sie betroffen an. Sie ist eine gutaussehende Dame, fein gekleidet. Wie eine Dame von Welt, die immer weiß, was zu tun ist. Nur jetzt nicht. Sie hat keine Ahnung, was sie ihrer Enkelin sagen soll.

»Dein Großvater wird gleich da sein«, erklärt sie unbeholfen. »Er regelt noch den Papierkram. Er freut sich sehr, dich zu sehen.«

»Was wird nun mit mir?«, fragt Angelina.

»Na, wir werden für dich sorgen«, antwortet Susanna. »Du wirst zu uns nach Narro ziehen. Du wirst ein wunderschönes Zimmer bekommen, auf die beste Schule gehen und neue Freunde finden. Du wirst Zeit brauchen, aber du wirst den Schmerz überwinden und ein neues Leben beginnen.«

Angelina versucht, mit ihren dicken, verquollenen Augen aus dem Fenster zu blicken. *Ein neues Leben. Das will ich doch gar nicht haben.*

Dann betritt ihr Großvater den Raum. Er ist ein großer Mann, ebenso vornehm gekleidet, mit seidig grauem Haar, schwungvoll nach hinten gekämmt.

»Marten, da bist du ja«, ruft Susanna. »Ist alles erledigt? Können wir gehen?« Ihr Großvater begrüßt sie liebevoll, ein

116

wenig verhalten, denn auch er weiß nicht recht, was er sagen soll. Er ist um Fassung bemüht, erklärt, dass er direkt vor der Tür parkt. Angelina fällt auf, dass sie eigentlich nicht viel über ihre Großeltern weiß. Sie wohnen immerhin in Narro. Der Ort liegt in den Bergen und ist weit weg von Silona. Sie weiß, dass ihre Großeltern wohlhabend sind, und dass ihr Opa ein angesehener Chefarzt ist. Ihre Mutter hatte nie viel über ihre Kindheit gesprochen. »Ach, was interessiert mich, was gestern war«, pflegte sie stets zu sagen. Ja, sie, ihre verstorbene Mutter. Erneut beginnt Angelina zu weinen. *Verflixt, hört das denn nie auf?*

»Komm nur, wir fahren«, sagt ihr Großvater. »Wir fahren nach Hause.«

Nach Hause. Die Worte hallen schmerzend durch ihren Kopf. Sie sieht kurz in den Spiegel, nachdem sie aufgestanden ist, sieht ihr verzweifeltes und völlig aufgequollenes Gesicht.

Zumindest werde ich endlich diesen Ort verlassen. Ja, endlich verlasse ich diesen verfluchten Scheißort!

Angelina hat recht. Das Fährunglück ist passiert. Ihre Eltern sind tot. Daran kann sie nichts ändern. Aber auch das letzte Jahr ist passiert. Der mysteriöse Sommer auf Nuria. Ihre Erlebnisse mit den singenden Delfinen und ihrer wundersamen Wasserwelt. Ihre Kraft und ihre Gabe sind da, irgendwo in ihr abgespeichert. Nur, dass sie sich immer noch nicht daran erinnern kann. Aber soll deswegen alles umsonst gewesen sein? Soll sie den Delfinen ohne Grund begegnet sein, ganz ohne Sinn und Zweck? Soll sie denn gar nicht herausfinden dürfen, woher die Delfine kommen? Doch … ganz bestimmt!

Ende des ersten Teils

117

Als ich nach Hause gehe, ist alles so wie immer, nur, dass es sich nicht danach anfühlt. Ich laufe und verspüre ein stürmisches Gefühl der Aufregung, ein erhabenes Kribbeln, so als ob jeden Moment etwas Wichtiges passieren wird. Aber es passiert nichts … zumindest nicht sofort.

(aus Band III *Angelina Maginie – I imagine*)

Krankenhaus

QUELLENVERZEICHNIS

Dream Theater. »Wait for Sleep«. Von Kevin Moore. Atlantic Records, 1992.

Dream Theater. »Space-Dye Vest«. Von Kevin Moore. Awake. WEA International , 1994.

Iw Aziz

Iw Aziz ist promovierte Psychologin und Psychotherapeutin. Sie ist ein Mensch, der sich von Herzen für Kinder einsetzen möchte. So ist ihre Geschichte ein Plädoyer für junge Menschen, die sich nicht verbiegen lassen wollen und verstellen möchten, um sich im Leben durchzusetzen. Sie ist ebenso eine Verneigung vor all den Menschen, die bei ihrer Identitätsentwicklung Hürden zu überwinden hatten und sich nicht von ihrem Weg haben abbringen lassen.

Katja Scholz

Als freie Lektorin arbeitet sie mit dem feinen Blick fürs Detail und der Liebe zur sprachlichen Nuance an Manuskripten für Kinder- und Jugendbücher, Reiseerzählungen, Frauenliteratur sowie Familienromanen. Sie weiß aus eigener Erfahrung um die sensible Autor:innenseele, so behandelt sie die Manuskripte ihrer Kund:innen vertraulich und respektvoll.